頑皮故事集

◎侯文詠 著　◎蕭言中 圖

照 片 集 錦

右側前方那位沒有笑容的小男孩，就是侯文詠，他是不是在心裡唱：只要我長大？

告別小學，侯文詠（中）與親愛的家人合照

酷酷的小男生，綁著一朵大大的蝴蝶領結。

侯文詠與親愛的家人合照。

小紳士在台南兒童樂園

這位眉清目秀的大男生，就是現在的名作家侯醫師。

目　錄

熱愛文學及故事的名家推薦

威力無比的笑彈

小　野

讀《頑皮故事集》讓我笑出了眼淚，已經好久沒有什麼笑話全集可以讓我笑出聲音了，可見得《頑皮故事集》這本兒童笑彈的無比威力。

《頑皮故事集》之所以好笑，在於作者侯文詠講笑話的能力，和這些笑話的後面所蘊藏著豐富的屬於我們生活中的許多愚昧、教條、僵化……等元素所架構出來的荒謬世界。

侯文詠講笑話的能力完全符合電影裡喜劇畫面的張力和節奏，他控制得很好，如果把那些文字轉換成畫面，他是一個優秀的編導。〈拾鞋記〉裡老師如何用考卷的分數來折磨學生，學生又如何用他的歪理來反氣老師，老師被氣得脫下皮鞋要丟學生，兩人追了一段又如何遇到校長和督學，最後校長如何撿那隻臭鞋子……等；

〈最後一片西瓜〉裡兄妹只是為了想吃嬸嬸端出來的水果，竟然演變成一場世紀悲喜劇；〈公車歷險記〉裡為了怕拉錯鈴被司機罵，而小題大作成西部片的決鬥氣氛，都是一些校園、家庭中生活瑣事被喜劇高手點石成金的過程，你會笑，是因為你的生活中也有那些相同的事，而在讀這本書時被提醒了。

而那些生活中許多看似平常的笑話，卻也諷刺了存在於我們這個社會不少荒謬的本質，〈最後一片西瓜〉裡成人虛偽禮教對孩子慾望的壓抑，〈超人特攻隊〉裡商人用廣告詞製造假象誘惑孩子的

殘忍，〈我們的班會〉中諷刺會議本身民主過程的無趣，都是孩子所經歷成人世界的巡禮，孩子無辜而成人愚昧可惡。

（小　野，本名李遠，是知名小說家，現任中華電視公司總經理）

像掉進了時光隧道
—— 寫在《頑皮故事集》一百版之前

侯文詠

寫《頑皮故事集》的時候我還沒有結婚，現在《頑皮故事集》賣出了一百版，我也變成了兩個孩子的爸爸。看著自己的孩子長大，遺傳和自己一模一樣的頑皮方式，我覺得時光真是很詭異的事情。

雖然我的年紀愈來愈大，但是看自己寫的成長中的經驗，仍然百看不厭，好像睡前可以一聽再聽的床邊故事似地。我自己也不曉得為什麼。或許翻開《頑皮故事集》，像掉進了時光隧道裡面去一樣。每一個故事、情節，總勾起一些屬於自己的童年往事的美好回憶。

而很多時候，人生就像時間那樣，流了過去，不再回來。日

出、日落，日出、日落。那些比什麼都還要珍貴的事，就這樣不再回來。而生命老是在爲明天努力、奮鬥。因此，暫時停下來歇一歇，想一想那些簡單而美好的往事，實在是很過癮的。

是的，簡單而美好。由於醫生生涯的緣故，使我看過很多悲傷或者是複雜的事。因此，在我的寫作生涯如果有什麼堅持的話，我希望那是簡單與美好。因爲簡單，所以禁得起一看再看。因爲美好，可以讓我面對現實生活的種種遺憾。

很多小讀者從《頑皮故事集》裡發現了他們的驚奇世界，然而叫我驚訝的是有更多的大讀者像我自己一樣對這本書著迷。這是我一開始沒有想到的。

那麼多的讀者，對於這一本小小的頑皮故事的喜愛，除了感動以外，也讓我深深地相信，儘

管有再多的抗爭與吶喊，再多的對立與所謂的真理，簡單而美好的想望深深地存在我們每個人的心中。

看牙醫

我很喜歡牙醫阿姨，因為每次我到診所去，她總是有說有笑，還請我喝果汁、飲料，看漫畫書，享受最好的待遇。

病人並不是我，是我的妹妹。根據阿姨的說法，妹妹就是因為從小沒有養成良好的刷牙習慣，又貪吃糖果，才會造成滿嘴的蛀牙。

妹妹的蛀牙看起來很可怕，黑黑髒髒蛀得牙齒一個洞、一個洞。每次她大哭起來，那個樣子，簡直是一個老巫婆。

只要一聽說要去看牙醫阿姨，妹妹馬上開始大哭。到了診所哭得更厲害。

有時候牙醫阿姨約我們放學後去看病，爸爸媽媽還沒有下班，就由我負責帶妹妹過去。我們戴著學校的帽子和書包坐

在診所的沙發上。每當護士叫妹妹的名字她便開始尖叫，使我覺得不好意思，因為那樣會影響學校的榮譽。有時候她尖叫得太過厲害，連我都不願意承認那是我的妹妹在叫。

牙醫阿姨總是很慈祥，和氣地請妹妹到診療椅上去坐，通常她會問：

「這次月考，成績考得好不好？」

我馬上高興地點頭，大聲地說：

「妹妹數學考一百分，我考五十八分。」

阿姨皺皺眉頭，還是滿臉笑意，告訴我：

「下次要好好努力喔，知不知道？」

我伸伸舌頭，愉快地點點頭。阿姨很滿意地微笑，讓護士小姐請我喝果汁。

可是妹妹卻縮成一團，坐在椅子上，緊緊地閉著嘴巴，一直搖頭，說不出一句話。這時候我們都知道麻煩來了，因為她不張開嘴巴，誰也沒辦法幫她看牙齒。

阿姨於是輕聲細語的說：

「啊，——把嘴巴張開。」

妹妹還是搖頭，楞楞地看她。

我只好開始表演蛀蟲跌倒在地上的動作，並且舉起一隻腳在空中抽筋，我說：「妳看，讓阿姨把蛀蟲殺死，像這樣——」

一看到妹妹有點笑容，張開嘴巴，阿姨和護士馬上輪流扳住她的下巴。妹妹又叫又鬧，我也幫忙按住兩隻腳，安慰她：「乖乖，不會痛，阿姨馬上就好了。」

椅子上有許多奇怪的設備，阿姨先用噴管在妹妹嘴巴噴許多霧氣，又用鑽子在牙齒鑽呀鑽地。還用夾子夾著棉花，沾各種顏色不同的藥水，在蛀掉的牙齒上擦來擦去。

有時候，妹妹真的很不乖，阿姨便拿起特大號的針筒，威脅

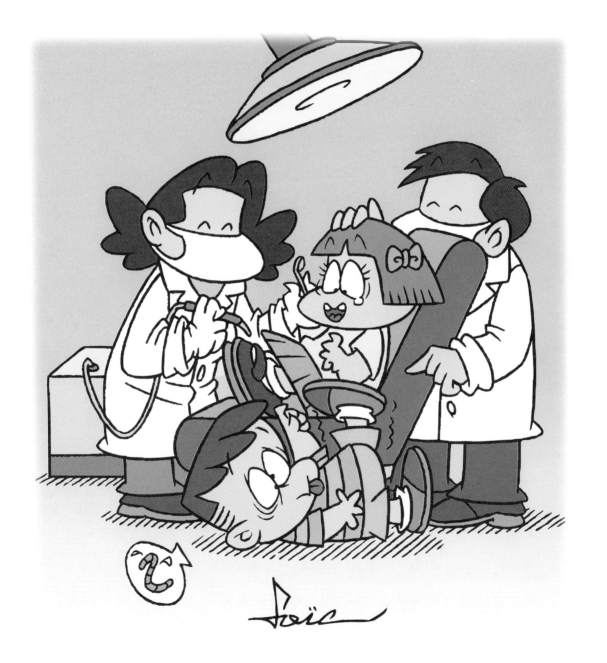

她：

「再哭，阿姨要打針，打這麼大的針喔——」

妹妹一看，嚇著了，暫時停止哭聲，可是過了一會兒，又大吵大叫起來。每次牙齒看完，阿姨筋疲力竭，妹妹也哭得滿臉通紅，眼睛水泡泡了。

阿姨一邊擦汗，一邊告訴妹妹：

「以後別吃那麼多糖果了，知道嗎？」

我在旁邊跟著附和：

「對呀，還要記得早晚刷牙。」

在我看來，妹妹不但貪吃，並且還是一個怕痛的膽小鬼。回家的路上，我幸災樂禍地笑她：

「活該，誰叫妳每次吃糖都不刷牙。」

妹妹一直往前走，一句話都不說。回到家裡，我得意地把妹妹怎麼在診所大吵大鬧，我又怎麼幫忙牙醫阿姨制伏妹妹從頭演練一次。爸爸媽媽稱讚我是一個懂得照顧妹妹的好哥哥。

　　因此帶妹妹上診所，我都竭盡一切幫阿姨哄妹妹坐到診療椅上去。有一次我甚至還親自坐上椅子，示範給她看：

　　「就這麼簡單，妳看，哥哥一點也不怕。」

　　阿姨也附和著說：

　　「對呀，像哥哥這樣，多麼勇敢啊！」

　　說完我還特別張大了嘴巴，讓阿姨有模有樣地瞄了一回。等做完這全部動作，我閉上嘴巴，準備跳下椅子，阿姨忽然皺著眉頭按住我，她說：

　　「你最近會不會覺得吃冷、熱的東西，牙齒會痛？」

　　我心想是有這種情形，便點點頭。阿姨自顧起身，去撥電話，聯絡媽媽，並且自言自語地說：

　　「怎麼連哥哥也有蛀牙？」

　　等我發現情況不對勁，轉身要溜，已經來不及了。阿姨和護士按住我，溫柔地說：「媽媽說先看哥哥的蛀牙。坐好，不是說不怕的嗎？」

我急得快哭出來，大叫：

「只是示範而已啊——」

　　那時候阿姨長長的鑷子已經伸進我的嘴巴裡面去了。我大叫：

「不要，不要——」

　　我用力掙扎，到最後來看牙齒的大哥哥都幫忙抓住我的手腳，才能把我固定在椅子上。細細的探針伸到牙齒去時，我更是不顧一切地哭起來。

　　只見妹妹笑嘻嘻地站在旁邊，拉著我的衣服說：

「哥哥乖，不要怕，不會痛，很快就好——」

　　那是妹妹看牙醫唯一不哭的一次。從頭到尾她都笑得十分開心。可是我沒有心情管她，因為我早痛得沒有辦法張開嘴巴，哭得沒有心情和她爭吵了。

　　最近我逼自己一定要少吃糖，每天至少刷牙兩次。我已經完全失去哥哥的尊嚴，淪落成和妹妹一樣貪吃、懶惰又愛哭的膽小鬼。

　　我只要一想到慈祥和藹的牙醫阿姨，就會全身發抖。現在媽媽

一提起要不要去看牙醫，我們馬上手牽手緊張地站在一起，異口同聲地回答：「不要——」說完趕忙緊緊地閉上嘴巴，哪怕是天塌下來，都不願意再張開了。

拾鞋記

每次考完試，老師發考卷，總從最高分發起，我們在講臺下馬上一陣掌聲附和。這些不外是丁心文，一百分。張美美九十八分。王麗芬，九十八分……

　　起先，老師還微笑地把考卷發給每一個人。漸漸分數比八十分還低，老師開始不耐煩了。考卷愈發愈快，微翹的嘴角慢慢收斂成直線。什麼王惠賜，七十六分。林明琦，七十四分……分數愈低，老師愈生氣。漸漸變成用丟的，被喊到名字的人趕緊跑出去撿自己的考卷。到了六十分以下，不得了了，考卷一張一張在空中翻飛，每次總是那幾個人，在講臺前面一陣亂撲，抓蝴蝶似的。

　　等發到最後一張考卷，老師停下來了。他睜亮眼睛，裝腔作勢地說：「哎喲，考這麼低，我真希望我沒看錯——」

　　全班只剩下我一個人沒領到考卷，我只好硬著頭皮站了起來。低著頭，假裝一副很可憐的模樣。

　　老師一邊搖頭，嘴裡發出滋滋的聲音，像電視上益智節目主持人似地問我：

「猜猜你自己考幾分？」

通常我從五十分開始往下猜。每猜一個分數，老師便翹起眉毛，發出質問的聲音，聲音愈來愈大：

「有這麼高嗎，哼？——」

他習慣把「哼」的尾音拖得很長，憑聲音大小、強弱，以及尾音的長短，我調整分數，好像猜謎遊戲一樣。討價還價過程中，同學不時爆出笑聲。老師總是裝出很嚴肅、很生氣的面孔，但偶爾他也會忍不住笑出來。等分數接近於零，我也幾乎猜中了自己的成績，老師才把考卷丟下來。我如獲至寶把考卷撿回來，發現整張考卷到處是紅色的叉叉，慘不忍睹。

「像被轟炸機轟過一樣。你的考卷這麼漂亮，你有什麼感想？」老師問。

「下次老師只要把寫對的答案打勾就好，這樣考卷會比較乾淨。」我搔搔頭，想出了一個妙計。

沒想到話一說出來，全班又一陣哄堂大笑。老師的臉一陣青、

一陣白，這次他真的生氣了。他指著考卷大罵：

「你這麼聰明，好，那我問你，是非第一題，共匪竊據大陸，奴役百姓，大陸同胞過著牛馬不如的生活。這個問題的答案明明是圈，你為什麼寫叉呢？」

「這個答案根本就是叉，」我脫口而出，發現老師楞了一下，「共匪怎麼可以做出這種事情呢？這樣做難道對嗎？明明不對，怎麼會是圈呢？」

老師氣得全身發抖，抓住我的肩膀問：

「好，那你說，這一題，好學生，早早起，背了書包上學去，這一題為什麼又錯了呢？」

我有一點害怕，不敢說話。老師更靠近我了，睜著大眼睛問：「你倒是說說看啊——」

「禮拜天不用上學去啊——」我只好實話實說。

老師點點頭，轉身過去，可是我知道他忍不下這口氣，一、二、三、四、五、六、七，果然沒錯，走了七步不到，他轉身脫下皮鞋，準備朝我衝過來。我看見老師滿臉脹紅，眼圈紫黑，只差沒從頭上冒出白煙來。見苗頭不對，我拔腿就跑。說時遲，那時快，穿過走廊，越過操場，回頭一看，不得了，老師穿著一隻皮鞋，手抓著另一隻，奮不顧身，一拐一拐地追打過來。

我敢打賭，靠操場教室所有的班級都停止了上課，教室窗戶擠著高高低低、大大小小的腦袋，砰砰碰碰，大呼小叫地為我們鼓掌加油。直到後來，老師再也跑不動，氣得一隻皮鞋朝我丟過來，從頭上飛過去。我們隔著遠遠的距離站定，老師一喘一喘地看我。

「你不要跑呀——」老師遠遠指著我，破口大罵。一轉身，不得了了。從行政大樓的方向，看見校長帶著一群穿西裝打領帶的督學走過來。

我們遲疑了一會，同時都注意到了操場邊的升旗臺——唯一的

遮蔽物。眼看校長與督學們大搖大擺地走過來，我們別無選擇，顧不了恩怨爭執，倏地同時飛奔到升旗臺背面躲藏起來，只露出一對眼睛，賊溜溜地。

校長愈走愈近，我們屏住氣息，清楚地聽見他自誇地告訴督學：「我們學校最引以為傲的事就是我們的環境清潔，可以說是獨步全省……」

話還沒說完，大家都同時注意到在操場最明顯的位置，丟棄了

一隻又臭又舊的爛皮鞋。校長皺了皺眉頭，又拿出手帕來擦汗，一緊張掉到地上去，仍下意識地拾起來擦臉，手帕上沾著泥土，校長的臉愈擦愈髒。

「怎麼會這樣呢？」督學們睜大眼睛盯著那隻鞋，校長一臉無辜，一手抓著鞋子，一手捏住鼻子，不甘不

願地朝升旗臺旁的垃圾桶走過來。

隨著他一步一步走近，我們的心臟都快從嘴巴裡跳出來。老師像個考試不及格的學生，低著頭，脹紅了臉，隨著校長愈靠近，我們姿勢愈壓低，臉都快貼到地上去了。

校長在垃圾桶前猶豫了一會，總算下定了決心，噹噹一聲，把鞋子丟到垃圾桶裡。

這一聲噹噹讓我覺得好笑，沒想到老師也有這樣的一天。終於，在校長轉身的一剎那，響起了下課鐘聲。

噹——噹——噹——下課的學生都跑過來要看那隻鞋子。我不知道老師心裡想些什麼。本來他還傻傻地對著我笑，如釋重負。後來想起鞋子的事，翹起來的嘴角又變回直線。一個剛剛還是頑皮的孩子，立刻變成了嚴肅的老師，板著臉，理都不理人，一拐一拐的走回辦公室。

從垃圾桶撿回那隻鞋子，我才體會出校長捏著鼻子的苦心。我不得不承認那隻鞋子的確很臭。可是，現在我非得把皮鞋送還老師

不可。我甚至決定必要的時候撒撒嬌也無所謂。我真怕事情愈來愈麻煩。

　　走過走廊，同學間大呼小叫爲我叫好。我還聽到掌聲，久久不絕。這世界總是這樣，我自覺做了一件窩囊十足的事，他們卻把我當作英雄。

最後一片西瓜

終於該吃水果了。

嬸嬸把水果盤端上來，西瓜切得整整齊齊排列，數量雖然不多，但是顏色非常宴豔麗。也許是芬芳的氣味，快睡著的妹妹醒了過來，我注意到她的眼睛盯住西瓜，一下子流露出燦爛的光芒。

現在我的脖子綁著一朵大紅色蝴蝶領結，乖乖坐在這裡。我相信再頑皮的小孩，只要聽見到親戚家作客這種壞差事，一定立刻安靜下來。我脖子上的領結總讓我想起家裡大狗哈利脖子上的項圈。牠失去自由，整天汪汪叫，我卻連叫的權利也沒有。

妹妹也好不到哪裡去，她被綁上那朵據說很漂亮的髮結，翹出兩瓣高高的蝴蝶結在腦袋瓜上面，整個人看起來像隻笨兔子，又像背著天線的電視機，又好像剛從禮品店包裝好，準備送人的禮物。總之，我們兩人很慘淡地坐在那裡，努力裝出很快樂、很乖巧的樣子，供人觀賞。

「去年你和妹妹來時才這麼小，」嬸嬸比畫一個很矮的高度，「小孩子長得這麼快，難怪我們要老，唉——」

「可不是嗎？」媽媽跟著感嘆，一點也沒有注意到妹妹睜得大大的眼睛，不停向媽媽眨動、暗示。

先是伯父開始用牙籤挑起一片西瓜，塞到嘴巴裡去，津津有味地咀嚼起來。幾滴西瓜汁從嘴角流出來，他掏出手帕去擦拭。接著三個堂哥、一個堂姊、一個堂妹，各拿起一枝牙籤，蜂擁而上，又快又準地刺中目標，挑起來，丟進嘴巴裡面去。

「妹妹幾歲呢？」嬸嬸又問。

妹妹裝出可愛的模樣扳手指頭，一、二、三、四、五，是五歲沒錯。情況很危急，差不多所有堂兄妹都吃過了第二片水果，一時之間，整盤西瓜空了一半。

妹妹不停地在桌面下踩我的腳，要我暗示媽媽允許我們吃西瓜。

我想起出門前媽媽一再告誡的話。

「到了嬸嬸家裡，人家請你們坐，不要一下就坐下來。」

「為什麼不坐呢？」我問。

「人家只是測驗你們小孩子懂不懂事，聽不聽話。」媽媽說。

「那要什麼時候才坐呢？」

「等我暗示你們。」媽媽很滿意地訓示我們，過了一會兒，想起什麼，忽然又問：「那如果嬸嬸請你們吃東西呢？」

「不吃。」我和妹妹異口同聲回答。

「對，」媽媽高興地撫摸我們的頭，「要等媽媽暗示。」

事實上並沒有說的那麼容易。我看媽媽和嬸嬸談得眉飛色舞，早忘記暗示這回事了。妹妹不斷地在左邊踩我的左腳，踩得我腳趾直發脹。

看著西瓜一塊一塊淪陷到堂哥、堂妹的口裡，我終於下定決心，伸出我的右腳，去踩媽媽的左腳。不踩還好，一踩媽媽忽然停止談話。轉過身來瞪我們看。

嬸嬸不知道發生了什麼事，忙出來打圓場，拿給我和妹妹一人一枝牙籤，笑著說：

「來，哥哥和妹妹都吃西瓜。」

雖然從手到西瓜的距離還不到一公尺，可是中間有一道媽媽鋒銳的目光阻擋著。我想起上課時老師說過黃花崗七十二烈士的故事，不成功便成仁。我慢慢伸出去的手顫抖著，最後終於又縮了回來。我總算體會到革命先烈的偉大情操，我就沒有那種勇氣，我害怕在媽媽的暴政之下「成仁」。

媽媽很滿意地拉開了笑臉，告訴我：

「哥哥乖，背書給嬸嬸聽──」

哎呀，又是這套表演「天才兒童」的遊戲。為什麼大人都不肯背書，總是要叫小孩子背書呢？

我老大不情願地站起來背第一課（一直都是背第一課）。

風和日暖春光好，結伴遊春郊。

你瞧：

一彎流水架小橋，兩岸楊柳隨風飄。

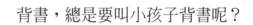

豆花香，菜花嬌，

不知為什麼，背到豆花香時，我迸出了一句「西瓜香」。除了妹妹以外，滿堂哄笑。我看到伯父把嘴巴的西瓜汁都噴了出來。堂妹吃剩一半的西瓜掉到地上去，讓嬸嬸撿到垃圾桶去丟掉。

西瓜一塊一塊地消失。我一邊背，一邊想起，國父經過十次革命失敗，終於創建民國。而我為什麼連一次的勇氣都沒有呢？

背完了書，聽到疏疏落落的掌聲。西瓜剩下一塊了。鮮豔無比地躺在盤子裡面。輪到妹妹彈鋼琴，表演「少女的祈禱」。她手拉裙子，向大家敬禮。臨上鋼琴前，還屢屢回頭望著西瓜，眼巴巴地希望它不要受別人蹂躪。

老實說，她那「少女的祈禱」彈得像一輛壞掉的垃圾車。而我正和良心不斷地掙扎著。是最後一片西瓜呀，為什麼我沒有大無畏的精神呢？

不知哪裡來的勇氣，正當大家裝出陶醉的模樣聆聽音樂時，

我也裝出若無其事的模樣，拿起牙籤，伸出手，挑起西瓜──這一切都那麼自然、優雅……可是當我輕輕地咬下第一口時，音樂停了下來。

「西瓜──」我聽見妹妹開始哇哇大哭，嬸嬸和媽媽把她從椅子上拉下來時，她仍然哽咽地嚷著西瓜。

無論如何哄騙都是枉然的。妹妹的哭聲在嬸嬸端出第一杯500CC西瓜牛奶時，才算略微平靜下來。到了第二杯西瓜牛奶時，總算有了一點笑容。她一共喝了三杯500C牛奶（真是可怕），喝完第三杯時，嬸嬸慈祥和藹地問她：「還要再來一杯嗎？」

「不好意思。」妹妹低頭回答。

「那來一杯小杯的好了。」

妹妹竟然點點頭。

現在廚房裡果汁機的聲音正嘎嘎地響

著，第四杯西瓜牛奶還沒有端上來。無論如何，我再也無法把這件事當做有趣的事看待了。因為我正好抬起頭，看到媽媽生氣的臉，脹得比西瓜還要紅。

郵
票

有一天，我在隔壁阿姨家幫忙打掃，掃完了之後，我們很得意的坐在沙發上欣賞打掃的成果。這時候，阿姨搬出許多集郵冊請我欣賞。

翻開集郵冊，滿滿都是繽紛的郵票，有花朵、貝殼、鳥類、國畫、人物，還有風景名勝、圖案……看得都快目不暇給。翻到第三冊，我忽然發現一套水果郵票，有香蕉、西瓜，還有荔枝，看得口水都快流出來了。坐在沙發上看郵票，久久不翻一頁，我的目光停在水果郵票上面，心裡喜歡得不得了。

我終於厚著臉皮問：

「阿姨，這套水果郵票可以送給我嗎？」

阿姨似乎面有難色，猶豫了一下說：

「這個恐怕不行，因為是很有價值，很有紀念性的東西……」

我張著嘴，眼巴巴地看著阿姨，希望換取一點同情。後來阿姨終於心軟了，跑到廚房去切了一盤水果端來請我，她

說：

「這樣吧，這次先請你吃香蕉、西瓜，下次再請你吃鳳梨、荔枝，好不好？」

我吃完水果，訕訕地回到家裡，心裡想的都是一張一張有牙齒、花花綠綠的郵票。

後來我忽然想到爸爸書桌上有一疊信件，每封信上面都貼有郵票。靈機一動，便把所有的信都拿去泡在臉盆裡。郵票泡在水裡，很快就從信封上面脫落下來。一張一張撿出來，夾在書本裡面，不到一個下午，泡水的郵票全乾了。

爸爸下班之後，我得意地展示這些郵票。爸爸一張一張看，起先還滿開心地。漸漸他皺起眉頭問：

「你怎麼會有這些郵票？」

我不經意地回答：

「就是從信封上泡水拿下來的郵票嘛。」

「什麼信封？」現在爸爸顯得有些緊張了。

我帶爸爸到浴室去，當他看見泡在臉盆裡的一疊信件，叫了一聲：

「天哪──」

一臉青青綠綠的表情看著我，整個人幾乎要站不住了。真搞不懂大人在想些什麼，又不是鈔票，為什麼那麼激動？我正這麼想著，爸爸已經由絕望漸漸恢復過來，他的神色漸漸凶惡，然後變成了動物園的野獸，不得了──我沒有時間多說，再不溜走來不及了。

後來我花了一個禮拜的時間把那些泡水的信件一張一張攤開，讓太陽曬乾。我還花了兩個小時的時間把郵票逐一貼回信封上。此外，我還必須繳交一張文情並茂的悔過書。

我因為一時糊塗，把爸爸的信件全部拿去泡水，還不經同意，拿走了信封上的郵票。現在我知道我做錯了，我願意悔改，並且不再犯錯。特別寫下這張悔過書為證。

雖然我嘴巴願意悔改，心裡卻仍然想著那些美麗的郵票。一邊寫著悔過書，我忽然想起住在嘉義的二堂哥。我記得他也有許多成套、漂亮的郵票，從小他最疼我。我何不順手寫信給他？這是我第一次寫信，不知道該怎麼寫才對？可是為了郵票，我不惜犧牲一切。

親愛的二哥：

我現在愛上了集郵，可是我一張郵票都沒有。從小你最疼我，你可以送我一張郵票嗎？一張就好了，好嗎？求求你，只要給我一張漂亮的郵票就可以了。你千萬不要像爸爸那麼小氣，他一張郵票都不肯給我。（噓──千萬不要告訴爸爸，這是我們之間的祕密。

堂弟　敬上

我偷偷地拿了爸爸桌上的空信封，抄下住址，封上信封，把信投到郵筒裡去了。每天我一放學，就跑到信箱去看。我滿心期望，二哥

會寄來一信封的郵票。

　　過了幾天，爸爸把我叫去，他說：

　　「有你的信。」

　　我非常興奮，看他打開信封裡抽出一張信紙，開始朗誦：「親愛的二哥，我現在愛上了集郵……」

　　讀到「小氣」的地方，爸爸還特別加重音，看了我一眼。我一時不知道該怎麼辦，脹紅了臉，我問：

　　「這是寫給二哥的，為什麼跑到你手上？」

　　爸爸推了推老花眼鏡，慢條斯理地說：

　　「你寫信去要一張郵票，自己卻忘了在信封上貼郵票，郵差只好把信退回來了。」

　　不知為什麼，我變得很難過，原來自己又做了一件傻事。我聽見爸爸告訴我：

　　「信倒是寫得不錯……」

　　可是我沒有心情再聽下去，搖搖頭走開了。我開始恍恍惚惚，心

裡想來想去都是那些花花綠綠的郵票，甚至對於即將來的生日也覺得沒有什麼樂趣。

生日那天是假日。我睡得很晚。惺惺忪忪被爸爸叫醒，他說：「快醒來，有你的卡片。」

我張開眼睛，原來是二哥寄來的「生日快樂」卡片。翻開卡片，不得了，還有我最喜歡的生日禮物——郵票。花花綠綠，一共有三套，有登陸月球紀念，建國六十週年，還有貝殼郵票，我興奮地從床上跳下來，大笑大叫：

「我有自己的郵票囉——」

「別急，」爸爸制止我，「爸爸也有生日禮物送給你。」

我接過禮物，拆開包裝，楞住了。那是一張漂亮的首日封，首日卡，翻開卡片，裡面整整齊齊地貼著四張郵票，西瓜、鳳梨、香蕉、荔枝。我感動得眼淚都快掉出來，抱著爸爸，又吵又跳：

「謝謝爸爸，謝謝……」

爸爸很滿意地問：「還說爸爸小氣嗎？」

我在他的額上親吻，抱著他撒嬌：「爸爸最好了……」

一陣混亂之中，我聽到爸爸冷靜的聲音：「二哥那封信是我幫你寄的，貼了一塊錢郵票，要從你明天的零用錢扣掉……」

我愛哈利

我們第一次見到哈利時，牠少說餓過十天以上了。整條狗瘦得像鬼一樣。妹妹一見到牠，就站住了，拉著我的衣裳，嗲聲嗲氣地說：

「哥，我們抱回家養好不好？牠好可憐啊。」

哈利彷彿聽懂我們的話，一直猛搖尾巴，伸出舌頭呵呵呵地笑著。

「看牠這麼髒，以後妳要每天幫牠洗澡。」我考慮了半天。

「沒有問題。」

「還要餵牠吃飯。」

「沒有問題──」妹妹睜大眼睛，猛點頭。

「牠身上長皮膚病，」我皺皺眉頭，「恐怕我們一個禮拜不能吃冰淇淋，省零用錢帶牠去看獸醫。」

這點妹妹考慮最久，不吃冰淇淋簡直要她的命。然而她聽見哈利有氣無力汪汪叫了兩聲之後，終於還是忍痛同意了。

我們兄妹當了兩個禮拜的乖寶寶，總算博取了爸、媽對哈利的一

點好感。別以為當乖寶寶是那麼容易的事，光是早上不能賴床這一點就夠頭痛的了。尤其要叫妹妹起床更是傷腦筋——還好現在我已經發現一個妙方，那就是我只要在妹妹耳邊輕輕地汪汪叫兩聲，她就自動起床了。

然後是早上一定要喝完自己的一大杯牛奶。奶油麵包不准有殘屑剩下來。吃完飯還要清洗碗盤，準時上學。更令人難過的是，每天上下學經過冰淇淋攤子，聽到「叭，叭」的聲音，我們要裝作沒有這回事的樣子，勇敢地吞下自己的口水。

一個禮拜之後，我們殺了兩隻豬，掏光了鉛筆盒、口袋裡的鈔票，終於鼓起勇氣，帶哈利到獸醫診所去看醫生。醫生叔叔敲敲打打之後，診斷出一連串的毛病，包括蛀牙、長癬、結膜炎、寄生蟲、營養不良……

我在每包藥上面記下用法。診所裡面還有許多貓哇、狗呀的寵物，都關在籠子裡面。妹妹趴在椅子上看，簡直看呆了。

「這裡許多寵物都好可愛，可惜主人帶來看病以後把牠們遺棄

了。你們要是喜歡，可以帶回去，只要付一點點醫藥費，我可以打折的⋯⋯」醫生叔叔一邊說，一邊把帳單交給我，我一瞄，差點心都涼了。

妹妹又使出那種哀求的神色看我，我就知道她要說什麼，趕緊一手蒙住她的嘴巴，一手掏出口袋裡所有的銅板，丟在桌上。作完這個動作以後，我馬上變換姿勢，一手抱起哈利，一手拉住妹妹，說什麼都要跑得遠遠的了。

往後我們總在放學時在後院替哈利洗澡，洗完還用吹風機吹得蓬蓬的，然後仔細在長癬的地方塗上藥膏。這時候，隔壁的吳美麗，帶著她的大毛出來散步，諷刺十足地說：

「哎呀，我還以爲什麼寶貝，原來是一隻癩痢狗。」

說完大毛雄赳赳氣昂昂地吠了兩聲，應和著吳美麗似地。

不可否認，大毛是一條很可愛的狗，可是吳美麗卻是最討厭的女生。偏偏她住在隔壁。每次你考試不及格，她就會有意無意地來家裡問爸爸媽媽有沒有收到成績單，張家長李家短地議論紛紛誰考幾分、

幾分。如果她是丁心文、張美美也就算了，偏偏她的成績也好不到哪裡去，可是爸媽總是怒氣衝天地罵我：

「至少人家比你強多了。」

還有她總是炫耀她的書包、鉛筆盒、手錶。有一次我穿了一件路邊攤買的運動衫，她竟然當場笑彎了腰，半天才指著商標說：「你看，這鱷魚頭反了。」

然後，神祕兮兮地拉起長褲，指著襪子說：「認明頭朝左邊才是真正的鱷魚牌喲──」

反正，現在我一看到大毛心裡就有氣。雖然我不得不承認大毛是隻有魅力的狗。可是我決心無論如何要把哈利調教得比大毛還要漂亮。

什麼洗髮精、潤髮乳、蜂王蜜都被我們用上了。成天看見媽媽

追著妹妹、我和一條狗追討她的清潔保養品。我和妹妹還把自己的牛奶、午餐偷偷地分給哈利吃。慢慢，哈利的皮膚痊癒，長出白毛，遮蓋住了眼睛，變成了一條可愛的迷糊狗。

狗愈來愈胖了，妹妹和我卻瘦得像隻猴子。媽媽雖然嘴巴抱怨，心裡還是很喜歡哈利。每天在廚房煮菜時，哈利跑過去看，媽媽便在哈利身上抹來抹去。我們放學替哈利洗澡，身上都是青菜汁、油漬，哈利變成了媽媽的活動抹布。

哈利還喜歡跳進爸爸的懷裡看電視。爸爸不討厭哈利，可是有時候牠一身毛太熱了，爸爸就說：「哈利的媽，

來把哈利抱走。」

　　媽媽瞪爸爸一眼，老大不高興地說：「你才是哈利的爸爸呢！誰是誰的媽？」

　　我們一屋子裡笑得歪七扭八，哈利也興致勃勃地汪汪大叫。

　　終於別苗頭的日子到了。星期天下午，我們幫哈利洗過澡，剪過指甲，穿戴蝴蝶結之後，信心十足地帶哈利到公園散步。

　　果然吳美麗一見到妹妹和我，酸溜溜地說：「哎喲，癩痢狗長毛了。」

　　大毛和哈利相互瞪了一眼，頗有相互示威的氣氛。過了不久，兩隻狗相互磨磨蹭蹭，推來擠去。哈利的體型顯然比大毛小了一號，看得我和妹妹有點擔心。

　　吳美麗又用那種討厭的口吻笑著說：

　　「小狗嘛，沒什麼好擔心的。」

推來推去，大毛有點毛躁了，汪地叫了一聲，吠得哈利倒退一步。

「汪，汪──」大毛又叫了兩聲。哈利倒退兩大步。

「哈，哈──小狗們真可愛。」吳美麗的聲調比平時還要尖，還要可惡。

本來我們只是想讓兩隻狗別別苗頭，沒想到大毛追著哈利滿公園跑，看著哈利驚惶失措的模樣，我和妹妹真的開始擔心起來。

「我們大毛最乖了，絕不會咬人──」吳美麗若無其事地說著風涼話。

看來情況愈來愈慘，妹妹抓住我的手，愈抓愈緊。

「哈利──」她終於忍不住，大叫一聲。

說來奇怪，哈利一聽叫喚，立刻煞車回頭看著

我們。忽然明白自己神聖使命似地，鼓起勇

氣，轉身瞪著大毛看，眼睛發出不可逼視的

凶光。牠前腳抓抓地面，後腳抓抓地面，發出比

平常還要低沉的叫聲：

「汪──」

大毛似乎被這吠聲嚇得怔住了。哈利作出衝刺的姿勢，一個箭步

向前衝出，這時大毛大夢初醒，不顧一切轉身就逃。

隨著兩隻狗汪汪的叫囂，吳美麗的臉色一陣紅一陣白。慢慢，情

勢明朗化，妹妹和我也有心情說笑話了。

「小狗玩玩，真有趣。」

大毛終於被逼得跳進吳美麗的懷抱裡躲起來。吳美麗整個人怔住

了，不知該怎麼辦好，最後竟不顧一切坐在地上哇哇地大哭起來。

我們假裝同情的表情只維持到吳美麗離開為止。當她抱著大毛消

失在公園出口時，我和妹妹笑得肚皮發痛，眼淚都掉下來了。哈利也跟著我們，得意洋洋地搖頭晃尾，直到家裡，我們的笑聲沒有停止過。媽媽緊張地詢問發生什麼事，我們都說不出一句話來。

第三類接觸

「啊，來了——」一聽到電鈴聲，姊姊一聲驚叫，碰碰碰碰衝上樓梯，消失得無影無蹤。

　　只見家裡每個人都在移動，一陣混亂。我以爲發生了地震，連忙要跑，抬頭一看，媽媽緊張地收拾客廳裡雜亂的報紙、椅墊、水果皮。連向來懶惰的妹妹也跟在後面，若有其事地你丟我撿。可憐的爸爸，一張報紙還沒看完就被搶走，乖乖地走回房間換衣服。

　　五分鐘之後，妹妹走去應門。當姊姊那個戴著深度眼鏡的男朋友走進客廳時，最吸引我注意的是他手上那兩大瓶純正蜂王蜜。那時候，我正欣賞著故事書，爸爸悠閒地喝著茶，屋子裡窗明几淨，整齊有序，呈現出一幅安和樂利的幸福家庭美景。媽媽很賢慧地站在沙發旁。我知道她正不知不覺地盯著那個男生打量，從頭看到腳，從腳看到頭。

　　「伯母眞能幹，屋子整理得這麼別致。」他坐下來，兩瓶蜂王蜜放在桌上最醒目的位置，推推眼鏡，堆在兩頰的笑容都快爬上額頭了。

　　「其實沒什麼，最重要平時要養成隨手收拾的習慣……」媽媽心花怒放。顯然馬屁拍個正著。

　　然後姊姊穿著那襲潔白美麗的連身長裙，從樓上翩翩降臨——我張大嘴巴，差點叫出來了。老實說，我看到一個漂亮的女生，可是她實在不像我的姊姊，一切都像是一場夢。媽媽說得好——出淤泥而不染，就是形容從姊姊那間髒亂不堪的房間，竟還能穿著乾淨走出來的人。

　　「來，請吃水果——」在我還沒清醒過來之前，姊已經迅速地從冰箱把預藏的水果端出來。她的聲音溫柔而體貼，笑容嬌柔而嫵媚。我猛捏自己的大腿，到底發生了什麼事？我是不是在作夢？趕快醒來呀。

　　然後現場一片沉默，只聽到吃水果的聲音。我知道大家都有許多話要說，但是沒有人敢先開口。

　　「你住在哪裡？家裡有幾個人？」總算媽媽先開口了。

　　「我家住臺南，家裡有一個姊姊，一個弟弟，還有一個爸爸和

一個媽媽。」

　　一個爸爸和一個媽媽？我忍不住嘴裡的鳳梨汁都快噴出來了。可是不曉得為什麼，沒有人覺得好笑。氣氛像考試一樣緊張。

　　「爸爸都作什麼工作？」

　　媽媽開始作身家調查，巨細靡遺。只見她聽到回答，時而皺皺眉頭，時而會意地點點頭。其中有許多問題實在超乎我的年齡範圍。譬如問人家外祖母喜歡作什麼消遣？作什麼消遣和姊姊有什麼關係呢？

　　爸爸一直低著頭專心吃水果，像作錯事的小朋友，一句話都不說。等到媽媽已經問得沒什麼問題好問，她用手肘碰碰爸爸：

　　「你倒是說說話呀——」

　　這時爸爸才如夢初醒，從他的口袋裡慢條斯理掏出老花眼鏡戴上，作四處觀望狀。我猜他一定正思索著該問些什麼媽媽沒問過，卻又很重要的問題。

　　這不容易。

　　廚房裡傳來沙拉油上鍋蹦蹦跳跳的聲音。姊姊早在裡面忙得不可開交了。我看見一陣煙霧從廚房冒出來，漸漸煙霧愈來愈多，姊姊從煙霧裡出來，停了一下，仍保持溫柔、鎮定的口吻問：

　　「媽媽，麻煩您過來幫忙一下好嗎？」

　　我看得出來，其實她想說：「媽媽，救命。」

　　可是她竟然沒有大哭大叫，愛情給她力量。據說中午我們會吃到姊姊的拿手好菜，包括蝦仁爆蛋、清蒸魚、炒青菜、芥藍牛肉、什錦湯。我感覺不到一絲一毫興奮，我們已經被強迫吃三天同樣的菜了。

　　現在終於爸爸想清楚。他清一清喉嚨，開始發問這歷史性的第一題。

「你會下棋嗎？」

妹妹和我一聽，都忍不住想模仿電視上摔倒的動作。媽媽都已經一腳踩進廚房了，聽到下棋，兩邊都一樣危險，難分難解。媽媽怔了大約一分鐘，對我無奈地笑笑，聳聳肩，指了爸爸，又指指手錶，一直眨眼睛，要我注意。我也無可奈何，只好聳聳肩，指著手錶，攤開雙手傻笑。

廚房裡鍋爐鼎沸，客廳裡楚河漢界，將士用命。爸爸掏出那包討厭的「萬寶路」香煙，點起火來，一枝接著一枝。一時之間，客廳裡煙霧瀰漫，與廚房的油菸交雜在一起，分不清楚到底哪裡是哪裡。

一切似乎都進行得相當圓滿，一方面爸爸與姊姊男朋友棋局一盤接著一盤，另一方面廚房的菜也一盤接著一盤端出來。然而，事情的真相並不是這樣。妹妹偷偷跑來告訴我：

「菜炒得黑黑的，都蓋在裡面。」

當爸爸抽完一包「萬寶路」，摸不到香菸，叫我到巷口雜貨店

去買時，他已經連輸五盤棋了。

我從雜貨店回到家裡，所看到的畫面是，菜都煮好了，安安靜靜地擺在餐桌上冒煙。而我們全家正圍觀戰局。

「爸吃飽了再下嘛——」

爸爸輸掉第六盤棋，滿頭大汗，掏出手帕擦汗，一邊忿忿地說：

「別急，再一盤，一盤就好，我已經摸清楚他的路數了——」

於是棋盤又擺開了。媽媽氣得不說一句話，又著手，在客廳裡踱來踱去。過了不久，忽然靈機一動，把姊姊叫到角落，不知咯嘟些什麼。姊姊臨危受命，似乎很為難，但終於還是點點頭，鼓起勇氣，走過去她男朋友身邊，附在耳旁嘀咕嘀咕。

最後一盤棋，爸爸很神奇地展現他的功力。先是將軍抽車，接著又利用雙炮吃掉了對方的二馬、一炮。在強大的火力掩護下，卒子一隻一隻過河。漸漸車馬奔騰，兵臨城下，局勢開始明朗化。隨著姊姊男朋友搔首不安的模樣，爸爸臉上綻出笑容來。

「伯父棋力深厚，今天受教，受教。」姊姊男朋友總算棄局投降。

「我就說我已經看破了他的棋路。」爸爸得意洋洋地看媽媽和我，只笑呵呵地拍那男生的肩膀說：「人生如棋，虛虛實實，年輕人下手還是不能太躁，前面幾盤我就是故意試試你的實力。」

只見姊姊的男朋友一面俯首稱是，一面站起身來向餐桌移動。媽媽向我猛使眼色，在爸爸還沒興起「再來一盤」的念頭之前，趕緊把棋盤、棋子收拾得乾乾淨淨，藏到櫥櫃裡去。

好不容易大家都坐到餐桌前，又恢復了剛剛的沉默。

「別客氣，大家吃吃我的拿手好菜──」姊姊招呼大家吃飯，那聲音聽起來非常心虛。

我當仁不讓，搶先吃下一口蝦仁爆蛋，發現菜已經冷了──不過那不是菜不好吃的主要原因。我吃到沙沙的固體，雜在蛋塊之間，吃起來鹹鹹的，等我發現那是鹽巴時，已經滿口是鹹味了。我慌慌張張地拿起湯匙要舀湯，發現所有人的眼光都集中在我身上。

我只好裝出溫文儒雅的喝湯姿勢，慢條斯理地喝下一口湯。

「嗯，味道不錯。」我想起電視廣告運動飲料模特兒的表情。還好，湯忘了加鹽巴，白開水一樣，我們可以自行調整。

「嗯，還滿不錯的。」妹妹重複和我一樣的動作，伸伸舌頭，向所有關注的人表示。說完之後，她神祕地看看我，我們露出會心的微笑。

本來我對自己善意的謊言感到不好意思，我們都聽過華盛頓砍倒櫻桃樹的故事，可是現在面對的是自己的姊姊，實在覺得不好意思。

正覺得坐立不安時，我聽見媽媽誇張的讚美：

「嗯，這滋味恐怕餐廳的師傅都不見得能作出來。」

接下來我聽到的讚美愈來愈離譜，難怪我們小孩子愈來愈不能適應這個社會。

「蝦仁爆蛋爆得香酥，尤其是油的火候恰到好處，這很不容易拿捏，吃起來香脆又酥軟，刺激又溫和，特別是蝦仁，新鮮可口，又有韌性，配合爆蛋的質感，簡直是完美無缺的組合。」姊姊的男朋友眉飛色舞地形容，這時候我忽然從他不怎麼出色的長相與氣質裡，漸漸領悟姊姊會喜歡他的道理。

聽完這些歌頌讚美，姊姊很滿意地拿起筷子，夾起自己的拿手好菜在嘴巴裡咀嚼。她對我們笑了笑，低下頭，沒有說什麼。

接著我們都很努力地吃自己面前責任區域裡面的菜。炒青菜、清蒸魚、芥藍牛肉，一盤一盤有驚無險地過關。什麼黑黑的、焦焦的、生生腥腥的，我們都看不到、聽不到、摸不到、感覺不到。

整個大會圓滿成功地閉幕是可以想像的。尤其我們飯後都喝了姊姊男朋友帶來的蜂王蜜，冰冰涼涼、甜甜蜜蜜，充滿了美好的滋

味，自然心裡充滿了感激。

差不多姊姊男朋友離開後不到兩個小時，這個家庭又恢復原狀。我們又看到了杯杯盤盤在桌上狼藉一片，還有果皮、報紙歪歪斜斜躺在沙發、地板。爸爸穿著不太雅觀的內衣、睡褲，蹺著二郎腿，看他的報紙。剛剛那個美麗的公主、仙女，似乎隨著王子離開了，我們又看到一個凶巴巴，有點邋遢的灰姑娘──一切都那麼熟悉、親切，像自己的家。

大家從各種不同角度來探討姊姊的男朋友。似乎那瓶蜂王蜜在我們體內都發生了某種作用，再嚴厲的批評，聽起來都帶那麼一點甜味。

只有爸爸有一點小小的不同意見：

「看他下棋，不怎麼高明，會不會遺傳不太好？」

這句話出來，立刻語驚四座，全家一片沉默，無言相對。爸爸

起先不怎麼在意，慢慢地似乎察覺出來情勢不太對勁。

「怎麼啦？」爸爸問。

「你沒看見吃飯前我和素惠咬耳朵？」媽媽說。

「對了，說到這裡我才想到，」爸爸放下報紙，收起他的老花眼鏡，「吃飯前我就看你們交頭接耳，一直在嘀咕嘀咕，到底在嘀咕些什麼？」

媽媽只是一直笑，一句話不說，把我們弄得莫名其妙。只看

到姊姊臉上青一陣、白一陣的，最後似乎忍不住了，終於淡淡地說：

「媽媽要我告訴你的對手，他要是膽敢贏了第七盤棋，以後就不用來我們家了。」

超人特攻隊

終於，超人特攻隊又擊敗了宇宙魔王，成功地把他趕出阿爾伐星球，拯救了所有的居民。可是宇宙魔王並沒有被消滅，他還會捲土重來，因此明天下午五點半，我們必須準時地收看勇敢的、堅強的——超人特攻隊。考試不及格、晚飯來不及吃都沒有關係，可是如果你不看超人特攻隊，明天上學，你就不懂別的小朋友到底在說些什麼了。

儘管我這樣說，你一定還不明白超人特攻隊到底多偉大，可是那沒有關係。包括我在內，我們全班的男生都是瘋狂的超人迷。據媽媽說，我現在的夢話已經變成這樣：

小朋友，買瓜瓜，送超人，集滿超—人—特—攻—隊，就送超人一個。多買多送，其他還有一萬一千一百個大獎等著你……

超人模型是只送不賣的。它不但可以組合變形，上天下海，還可以配備各種模型武器。尤其是它的胸膛有紅色的雷射閃光，每當

超人特攻隊要主持正義、消滅敵人時，紅色閃光就會動起來，發出碰一碰一的聲音。一聽到聲音我就興奮得不能控制，一定要起來跳一跳，也跟著叫，碰一碰一碰，這樣才過癮。

我一心一意把所有的零用錢都存下來買「瓜瓜」。現在什麼冰淇淋、奶昔、沙其瑪我已經都戒掉了，我驀然發現自己從前多麼奢侈浪費。可是儘管如此，我收集的速度仍然太慢了。你看超人特攻隊每天都在消滅敵人的基地，我卻好幾天才能買一包「瓜瓜」。

媽媽就不明白超人對人類偉大的貢獻。她總是問：

「我不懂那些爆米花有什麼好吃？你要真的喜歡，我明天買一大箱回來爆。」

「哎喲，媽，」我趕緊回答她，「人家買瓜瓜送超人特攻隊，妳又沒有。」

「你看你每天都看超人特攻隊，功課得乙下，要是你好好寫功課，得個甲上，媽媽送你機器人。」

「媽，是超人特攻隊，又不是機器人。那沒有在賣的

啦。」

「超人特攻隊有什麼好？」

你看，大人就是這樣。他們永遠弄不清楚重點。像我媽媽，隨便買一套衣服就是五千塊、一萬塊，但她卻專門租悲哀的錄影帶來看，每次看到女主角很可憐，窮得沒有衣服穿、沒飯吃，她就一直哭、一直哭……

總之，不管如何，我決定憑自己的努力，來換取超人模型。別看收集超—人—特—攻—隊很簡單，有時雜貨店的「瓜瓜」被別的小朋友買光了，我們還得辛苦地到處去問。買來也不是拆開就算了。有時你剛好有兩張「特」，可是沒有「攻」。於是就得費力去找一個剛好有兩張「攻」，卻沒有「特」的人交換。這些都不是想像中那麼容易的事。

慢慢，我們發現了一項事實，那就是大部分的男生手上都擁有了「人」「特」「攻」「隊」，可是「超」一直沒出現過。我想起電視上廣告某種廠牌的冰箱有種特別的殺菌燈裝置，平時可以滅

菌，但只要冰箱一打開，為了保護人體自動就熄滅了。問題是我們怎麼證明廣告是不是騙人呢？因此，有時候我懷疑我們都被騙了，如果廠商根本沒印「超」的話，我們永遠也不會知道。

有一天，莊聰明鬼鬼祟祟跑到我身邊說：

「我有一個超喔。」

「你有一個什麼超？」

「就是勇敢的、堅強的──超人特攻隊。」他比了一個發威的動作，看起來好像猴子搔癢。

「啊──」我睜亮了眼睛。

「噓──」他很神祕地把食指放在脣上，緊張地左右觀望。

「你是說，勇敢的、堅強的──超人特攻隊？」我也比了一個超人發威的動作。

看到他點點頭，我又興奮起來了。我靈機一動，發現我們必須充分合作。我不但把

故事書借給他，請他吃冰淇淋，還幫他掃地，甚至約定將來超人到手，我們輪流各擁有一個禮拜。

這一切似乎都很美好，除了莊聰明的「超」一拖再拖之外。他不是換了一個新的安全地點，就是又忘了帶來。漸漸，我實在按捺不住了。便問他：

「你的超到底要不要拿來？」

「我又沒說不拿來。」

「那就趕緊拿來啊。」

「我是要拿來，可是沒說哪一天。」

說著說著我們便吵了起來。通常只要有人吵架，立刻會圍上一堆人，忙著煽火、起鬨。這次很奇怪，人是圍了一大堆，可是大家都抱著手不說話，死盯著莊聰明看。正吵得不可開交時有人站出來說話了：

「莊聰明，你到底要不要把超拿出來？」

我正覺得納悶時，另一個聲音又說：

「把我的冰淇淋、橡皮圈還我。」

「還有我的彈珠、撲克牌。」又有另一個人抗議。

「莊聰明騙人。」

不得了，原來莊聰明欺騙我們所有人的感情。我們氣得去報告老師。可是老師來了，他仍然振振有辭地說：

「是他們自己要請客，我又沒有向他們要。」

老師問清楚了來龍去脈，便捺著性子說：

「莊聰明，既然這樣，你把『超』拿來給大家看，表示你沒有騙人。」

看他楞楞不說話，一張臉像條死魚，老師便開始說了一則華盛頓砍倒櫻桃樹的故事。看他沒什麼反應，老師又說了許多偉人勇於認錯的故事。正說到沙漠的駱駝隊遺失了一顆珠寶的時候，莊聰明終於說：

「老師，我錯了。」

大家激動的拍桌子，又叫又鬧。我氣得把橡皮擦丟出去，我看

見莊聰明難過得眼淚都流了出來。我也快哭了，因為橡皮擦正好打在老師臉上。

後來莊聰明足足掃了一個學期的廁所。他早忘記那天他流眼淚的德行，總是拿著掃帚又叫又跳：

「勇敢的、堅強的——超人特攻隊。」

我們看見了都覺得又好氣、又好笑。從來沒有聽說過超人還要掃廁所的。

經過這一次事件，似乎大家都不太相信集滿超人特攻隊，送超人一個這件事。可是我們不死心，有一天，我買了一包「瓜瓜」，打開彩券，正準備丟掉——可是我的心臟抽動了一下，我看到的是一個「超」字，我揉揉眼睛，真的是一個「超」字沒有錯。

「哎呀，是一個超——」我叫了起來。

班上同學都圍過來看。「真的是一個超——」讚嘆的聲音此起彼落。我高高興興地將「超」「人」「特」「攻」「隊」裝入信封，填好回郵資料寄給廠商，心裡充滿美好的期待。不但如此，隔

天，班上又可以聞見爆米花的香味，似乎大家對超人特攻隊再度掀起熱潮。

「將來你的超人模型一定要借給我玩一下，好不好？」幾乎每個人都對我提出要求，我變成了班上最有社會地位的人。

超人模型寄來那天，我正在家裡收看超人特攻隊。我拆開包裝，掉出一個小小的塑膠玩偶，我本來以為裡面還有東西，可是卻空空如也。我仔細看那個塑膠玩偶，是有點像超人沒錯，可是和我心目中的想像完全不同。後來廣告出現，我仔細對照，的確是超人，可是我手裡這個感覺小很多，並且要用手拿著才能飛天下海。碰一碰一碰也必須我自己叫。更不用說那個紅色的雷射光了。

起初我的確有點失望。可是漸漸我找到了一些新的樂趣。尤其是看到班上同學的那種熱烈又渴望的表情。我不敢

把我的失望告訴他們。因為他們不但不會相信，而且私底下一定會認為我太驕傲。他們總是問：

「你為什麼不把超人模型帶來給我們看？」

「哎呀，不行，我妹妹玩得愛不釋手，再過幾天嘛。」我就裝模作樣地回答。

「說說那個模型給我們聽嘛。」

「堅強的、勇敢的——超人特攻隊。」我作了一個超人發威的動作，聞到教室裡一片爆米花香。大家興奮地站起來，跟著又叫又跳。

上課鐘才響，又有兩個傻瓜，各抓著一包「瓜瓜」，上氣不接下氣地衝了進來。

公車歷險記

好了，現在公車停下來，沒有人要下車。司機轉過身來問：「到底是誰要下車？」

他的眼光掃視每個乘客，抓小偷似地。妹妹和我趕緊低下頭來。我們偷瞄那個拉錯鈴的老先生，他的頭更低，簡直都躲到座位底下去了。

「沒事拉什麼鈴呢？」司機先生生氣地關上自動門，繼續開車前進。

車子一開動，老先生的頭又探了出來，好像春天豆苗發芽一樣。我和妹妹興致勃勃地替他配頑皮豹扮演偵探的音樂。

嘟嘟──嘟嘟──嘟，嘟──嘟──

司機一邊開車，一邊忙著破口大罵。公車搖搖晃晃走在基隆路上，發出伊伊歪歪的聲音。他從交通罵到警察局長，警察局長罵到市長，市長又罵到交通部長⋯⋯

公車開得很快，老先生的動作很遲緩。他終於站了起來，缺乏自信地看看窗外，又看看手上的紙條。慢慢把手搭到電鈴線上，猶

豫一下，又縮了回來。可是眼看公車就要過站，他終於下定決心，閉上眼睛，用力一拉——

接著發生的事很複雜，我必須一件一件說。先是電鈴卡住了，一直叫個不停。然後司機一個緊急煞車，老先生重心不平衡，紙條從手上飛了出去，我連忙幫他去撿。

「福利總站，誰要下車？」司機回過頭來問。

說時遲那時快，一聽到福利總站，老先生碰地一聲坐下來，頭又縮進座位底下。

我正好抓住了紙條，拿起來一看，很不幸，那上面密密麻麻寫滿住址，然後用紅筆標明「吳興街口下車」。

司機並不管叫個不停的鈴聲。他怒氣沖沖地起身走過來，一把抓起縮頭縮腦的老先生說：

「就是你，我剛剛就是看見你拉鈴，你為什麼不承認，你以為這樣很好玩是不是？」

「我⋯⋯我，不是，故，故意的。」

「已經警告你三次，還不是故意，你以為我們公車司機都是白痴是不是？」

司機抓住老先生往車門方向走，老先生一直叫嚷著：

「我要到吳興街口。」

司機不管三七二十一，把他推下車去。他在車外不停地拍打車門，司機也不理會他，自顧修理叫個不停的電鈴。等他修理好之後，便插著手站在車門口，耀武揚威地問：「還有誰要下車？」

妹妹和我又把頭埋到座位底下去。一聽到聲音就渾身不自在，更別說看到那種眼神了。

繼續開車上路。現在事情似乎

不像原來那麼好玩。大家凝肅著臉，車廂內窸窸窣窣的聲音都不見了。

　　快到喬治商職的地方，終於有個長得很滑稽，戴著墨西哥大盤帽的年輕人站了起來。他彎彎臂膀，踢踢腿，又摩擦雙掌，然後把手一步一步靠近電鈴線……

　　情勢看來很緊張，妹妹和我不約而同替他配荊軻易水寒的音樂：

　　淡淡地，和你說聲再會，看那江水悠悠……

　　現在年輕人的手已經搭上線，眼看公車就要過站，妹妹張大了嘴巴——

　　「啊——」就在妹妹快叫出來的時候，我伸手掩住她的嘴巴。年輕人以迅雷不及掩耳之勢輕輕拉了一下鈴，那鈴聲短捷而優雅，快得我們差點都聽不見。

　　大家替他捏了一把冷汗。他也伸伸舌頭，如釋重負，露出請多多指教的笑容。公車停了下來，司機轉過頭用懷疑的眼光看著年輕

人，可是什麼都沒有發生。年輕人安全而成功地走下公車。

公車又繼續上路，我們的心情更沉重了。漸漸妹妹和我連唱歌配樂的心情都沒有了。她兩個眼睛巴答巴答地望著我說：

「哥，輪到我們下車了，怎麼辦？」

她的手緊緊抓住我，又溼又冷，一直冒汗。我看看電鈴線，正好在她的頭上，便鎮定地說：

「沒關係，我們不會拉錯。」

她看電鈴線，又望著我，然後說：

「可是電鈴會卡住，一直叫。」

然後我們緊張得說不出話來。妹妹把她最心愛的簽字筆從書包裡拿出來送我，看看我，又看看電鈴線。我把簽字筆還給她，搖搖頭，望著她，又望著電鈴線。

站牌愈來愈靠近。我看見妹妹的眼睛、鼻子、嘴巴都擠在一起了，只好嘆口氣，慢慢站起來把手伸出去。這時候妹妹才算有點血色，安慰我：

「哥，不要怕──」

我發現自己搖搖晃晃，似乎比原先那位老先生好不了多少。最後我只好閉上眼睛，孤注一擲──

「不是我──」那電鈴果然卡住了，一直叫個不停，然而更吵的是妹妹的哭聲。

公車慢慢停了下來。

「別哭，別哭──」我抱著妹妹從座位上站起來，一抬頭就看見司機滿面的怒容。雖然我暗自唱著超人特攻隊的主題曲，可是心臟卻撲通撲通地跳。這時候幾乎全車的旅客都站了起來，張大眼睛，瞪著司機看。大家都不說話，可是眼睛在打架。

我帶著妹妹往車門移動，愈來愈靠近司機。司機看看乘客，又看看我們，臉上一陣紅一陣綠，不斷

地發生變化。等我們走到車門時，他竟然一臉無辜地說：

「我又沒有說是妳。」

我一看就知道一臉無辜的表情是裝出來的。靈機一動，立刻對他做一個世界上最醜陋的鬼臉，做完拉著妹妹衝下車，一直跑，一直跑，直到我們再也跑不動為止。

塗牆記

「**我**，我……忘記自己的名字怎麼寫？」雖然老師氣得滿臉通紅，可是莊聰明的話還沒說完，全班早笑得東倒西歪了。

你一定認識莊聰明，就是上次欺騙我們他有「超」、「人」、「特」、「攻」、「隊」那個人，老師罰他掃廁所，對不對？現在你記得了。我偷偷告訴你，他的麻煩大了，因為他的國語考了一百分。考一百分其實是件好事，問題是他考卷上的班級座號姓名竟和丁心文一模一樣，恰好丁心文也考了一百分。

「如果你考試不及格，老師非常生氣。」現在精采了，老師氣得說話都有些結結巴巴，「如果作弊考一百分，老師更是非常非常生氣。萬一你笨到作弊還把別人的座號姓名都抄上去，那老師簡直是非常非常非常生氣，這樣你懂嗎？」

我看得出來莊聰明一臉茫然，可是他還是裝出很無辜的樣子。

「現在你打算怎麼樣？」

莊聰明猶豫了一下。「罰我跑步。」

「不行。」老師搖搖頭。上次老師罰他跑五圈操場，他高高興興一下子就跑完了。還加跑兩圈表示免費贈送。「罰我掃廁所。」莊聰明興奮地脫口而出。

一聽到廁所，老師激動起來：「上次罰你掃廁所，廁所的門被你表演超人踢壞，水龍頭也被你撞壞了，你還把一支掃把、兩個水桶都弄到化糞池裡去，照這樣，你再去掃廁所，以後我們班只好用手掃地了。」

老師背著手，在講臺上踱來踱去。處罰莊聰明的確是傷腦筋的一件事，他不但天不怕，地不怕，而且破壞力極強。老師走過來，又走過去盯著桌上一大疊作業簿，忽然靈機一動。

「你就是平時懶得寫作業，才會連自己的名字都不會寫。現在罰你每天寫作業，加寫自己的名字，莊聰明，莊聰明，寫五十遍，懂不懂？」

　　看莊聰明臉上的表情就知道這個處罰正中要害。從沒有任何處分會像讀書、寫字帶給他那麼大的傷害力。光看他國語課本上面的偉人肖像什麼華盛頓、愛迪生、牛頓塗得黑黑的鬍鬚、眼鏡，和一圈一圈的狗熊眼眶，就知道我說的沒錯。

　　現在一到第七節，老師在黑板上寫完當天的生字就離開了。講臺底下一片安靜，只剩下沙沙的鉛筆聲。每個生字要寫一行。通常是丁心文最先寫好她的作業，規規矩矩把作業簿交到講臺上，拍拍裙子，走回座位，帶著她的鞋油盒子，歡歡喜喜跑去操場跳房子。然後是張美美、王麗芬……過了不久，男生開始交作業，操場傳來打棒球、躲避球，熱鬧滾滾的聲音。

　　漸漸教室只剩下莊聰明一個人。他不再是在球場上打全壘打，或者是打躲避球欺負女生那個威風八面的男生。莊聰明、莊聰明……他把作業簿寫得髒兮兮的，橡皮愈擦愈糟糕，一不小心，把紙張擦破，氣得撕掉再寫，結果作業簿愈寫愈薄……

　　有一次莊聰明忽然問：「你知道我為什麼姓莊嗎？」

「因為你爸爸姓莊呀。」

「可是我爸爸為什麼要姓莊呢？」

「姓莊有什麼不好？」我反問他。

「那當然不好。」他睜亮眼睛，「你看，一、二、三、四、五、六、七、八、九、十、十一，莊有十一畫，還叫聰明，要寫好久，我真羨慕丁心文的爸爸姓丁。」

竟然怪起自己的爸爸來了，我忽然覺得很好笑。「你還不錯，至少你爸爸沒有姓烏龜的龜。」

話沒說完，莊聰明的書包已經甩過來了，幸好被我閃過去。其實姓龜也沒什麼不好，我還認識一個人姓龔，二十二畫呢，真夠悲慘。

我第一次看見那幾個字是在廁所的牆壁上。然後那幾個誹謗楊老師的字像長了腳一樣，偷偷爬到欄杆，課桌椅上面。幾天以

後，我走進學校，不得了了，牆壁上，教室玻璃，公布欄，到處都用簽字筆歪七扭八地塗著那幾個大字。

這件事很快轟動了全校，校長還氣憤地在朝會表示：

「這位同學破壞老師的名譽也就算了，可是他不應該破壞學校的公物，校長一定要查出這位同學，給他適當的處分。」

我緊張兮兮地找到莊聰明，沒想到他一臉不在乎的表情，展示一支開叉的簽字筆給我看，還表演超人發威的動作，得意地問我：

「厲害吧？」

看他興奮的樣子，我差點沒昏倒，真不知道該生氣或者替他哀悼。

第一節課，教室裡面的氣氛比往常凝重。楊老師一句話不說走進教室來。

「起立，敬禮，坐下。」

他轉過身，在黑板上大大寫下兩個字：

「誠實。」

　　然後開始告訴我們那個老掉牙華盛頓砍倒櫻桃樹的故事。他的態度似乎沒有想像中可怕。你看華盛頓勇敢地承認自己的錯誤，爸爸不但不罵他，反而稱讚他。可見我們要勇於認錯。

　　「嗯，」老師滿意地點頭，「剛剛我看見一個同學在打瞌睡，自己勇敢站起來認錯好不好？」

　　大家你看我，我看你，沒有人站起來認錯。

　　「咦？老師明明看到那個人。現在大家都閉上眼睛，老師再給那位同學一次機會，自己勇敢地站起來。」

　　我一閉上眼睛，聽見乒乒乓乓的桌椅挪動聲，偷偷一瞄，竟有五、六個同時站起來。

　　「很好，」沒想到老師鎮定得很，「請坐下。我們做人最要緊的就是誠實，老師最喜歡這種誠實的小朋友，這樣懂不懂？」

「懂。」

「那老師再問你們，操場牆壁上那幾個字，『楊老師很壞』是誰寫的，自動舉手？」

我偷偷瞄了莊聰明一眼，他似乎一點勇於認錯的意思也沒有。

「老師再給這位同學一次機會。」

看來老師再給一百次機會也沒什麼用了。這時候老師忽然靈機一動。

「好，現在每個人拿出紙來，在上面寫楊老師很壞五個字，然後簽自己的姓名在右下角，老師要比對筆跡。寫好了每排最後一個人從後面把紙條收過來──」

我看到莊聰明那幾個字時，他還得意地對我擠眉弄眼，搔首弄姿，表示那幾個字是用左手寫的。

「揚老師狠壞。」斜斜歪歪的字體，的確和牆壁上那幾個字筆跡不同。可是你一定已經發現了，才五個字而已，竟有兩個錯字。錯得和牆壁上一模一樣。

　　我很想勸去好好讀書、寫字，可是回頭看見他自鳴得意地向我比畫勝利的手勢時，忽然很期待這場即將開演的好戲。

　　我把紙條收集好，交給老師，一、二、三、四、五、六、七——

　　「莊聰明！」老師脹紅了臉大叫，頭上都冒白煙了。果然沒錯，七秒鐘不到，一場暴風雨就要開始了。

媽媽不在的時候

十二月十二日　星期三　天氣晴 ☀

今天放學回家，在餐桌上發現一張紙條。

　　爸爸和媽媽決定到墾丁公園再度一次蜜月，因為明天是我們結婚二十週年紀念日。你們在家裡要乖、要聽姊姊的話，她會負責照顧你們。

　　　　　　爸爸和媽媽　留

　　我趕忙衝到每個房間去看，哎呀，爸爸和媽媽果然都不在家，只剩下姊姊一個人在廚房裡面炒哇炒地做晚飯，我在沙發上看卡通影片，沒有人逼我去洗澡，也沒有人逼我寫功課，真是快樂。

　　後來姊姊的晚餐端出來，乾飯沒有煮熟，湯湯的，我們就將就著吃稀飯。還有她的蛋炒得黏黏的，我們笑著說那是蛋糕。最嚴重

的是菠菜炒得黑黑的，我們也不介意，加封「火燒菠菜」。

媽媽從屏東打電話回來時，這個家庭全部壞掉了。碗盤全丟在水槽裡，沒有人去洗澡，沒有人寫功課，電視開得哇啦哇啦響，滿地都是妹妹的洋娃娃。可是我們仍然異口同聲編織美麗的謊言：

「洗澡洗好了，功課做好了，我們都很自動，等一下要上樓溫習數學。」

「嘰哩呱啦的是什麼聲音？」媽媽遲疑了一下，顯然她也聽見電視的聲音。

「隔壁王媽媽和王爸爸在吵架。」多虧妹妹想得出來。

「你們今天晚上晚餐好不好吃？」

妹妹和我同時抬頭看了姊姊一眼，默契十足地說：

「好吃——」

我相信今天晚上我一定會興奮得睡

不著，套一句老師常說的話——小孩子掉到糖果堆裡去了。不用寫作業、不用洗澡，可以看一整晚的電視，明天早上還可以不用喝牛奶……

十二月十三日　星期四　天氣晴

今天早上起床一看，哎呀，不得了，已經七點半了，妹妹還傻呼呼地躺在床上睡。我想起這時候早自習已經結束，大家開始掃地了，便顧不得刷牙洗臉，草草抓起妹妹，開始穿衣服、背書包、戴帽子。妹妹的動作實在很慢，我氣得跳腳猛叫，哈利也在門外叫，沒有人餵牠吃早餐，我便把桌上最討厭的牛奶倒在牠的碗裡，一舉兩得。

等我們坐上公車，匆匆趕到學校，第一節數學已經開始了，我一喊報告，一走進教室，全班立刻笑得東倒西歪，連老師也又氣又笑，指著我的褲子。我低頭一看，才知道把睡褲穿到學校裡來了。我就這樣穿著睡褲，被老

師罰在走廊站。當我垂頭喪氣地走出教室，正好看見隔壁班，妹妹也被罰站在走廊上。看到妹妹一臉倒楣相，我又開始覺得好玩了。我們兩個人站在走廊上彼此做鬼臉，做了一節課。

晚上回家看到一張紙條。

親愛的妹妹：

姊姊和姊姊的男朋友決定今天晚上去看電影，慶祝我們認識一週年紀念日。桌上的錢拿去吃晚飯，妳在家裡要乖，要聽哥哥的

話，他會照顧妳。

姊姊留

　　我靈機一動，爲什麼我們不自己動手來煮泡麵呢？說完我立刻慫恿妹妹到樓下雜貨店去買泡麵，我負責燒開水。妹妹在鏡子前面練習「老闆，我要買兩包泡麵。」這句話，一直練習了半個小時，才戰戰兢兢地下樓去。

　　我們把水煮開了，麵條、調味包、油料包都加到鍋子裡去。嘩啦嘩啦攪了半天，妹妹舀起一匙湯，喝到嘴裡，皺著眉頭說：

「好鹹──」

　　我一喝果然太鹹，但這難不倒我這個天才，我到冰箱裡搬出糖罐子。「加點糖中和中和。」

　　結果我就煮出了史無前例的一道

菜。並且還有兩種吃法。媽媽打電話來時，一切仍然如同往常一樣安好，晚餐吃的是乾麵加酸辣湯。當然妹妹不應該控訴姊姊不負責任的行為，可是姊姊跑去和男朋友約會，把我們丟在家裡，這一點起碼的報應，也是她罪有應得……

　　姊姊很晚才回到家裡。我向她報告今天發生的一切，她沒說什麼，帶我出去買了一個鬧鐘。

十二月十四日　星期五　天氣多雲

雖然我們擁有了一個新鬧鐘，可是今天還是遲到了，被罰站在走廊上。我和妹妹都發現我們不能完全相信鬧鐘，因為鬧鐘只會叫醒人們一根手指頭。

下午一放學，媽媽的電話立刻過來了，嘮叨這個，嘮叨那個，還規定姊姊要帶我們出去吃晚餐，並且每個人都要洗澡，她要打電話請隔壁王媽媽過來檢查。

等我們總算吃了一頓像樣的飯回到家裡，發現沒有人帶鑰匙，我們被自己鎖在門外了。

鎖匠幫我們把門打開，電視都已經開始播放夜間新聞了。看姊姊一臉豬肝色，妹妹和我很知趣地去洗澡，還很乖地把衣

服放到洗衣機去洗。偏偏禍不單行，當我把洗好的衣服丟到脫水槽去，重心不一致，碰，碰，碰，脫水槽劇烈地轉動幾下，便壞了——

姊姊可火冒三丈，指著妹妹和我大罵：

「我看你們誰再去跟媽媽打小報告，我就要誰好看——」

妹妹和我一看不對勁，趕緊溜回寢室。直到我們把房間大門關起來，姊姊還在嘰嘰呱呱。妹妹嚇得問我：

「現在怎麼辦？」

「我們睡覺，睡著了，什麼都不知道，就沒我們的事了。」我可想出了好辦法。

妹妹表示同意，開始去換睡衣。我則拿起鬧鐘，旋轉發條，旋著旋著姊姊打開門走進來了。

「明天鬧鐘響的時候我不在了，你們可要醒過來，懂不懂？全部都要醒過來。」

她一把搶走鬧鐘，把鬧鐘擺在門外，「每一根手指頭、腳趾頭、眼睛、鼻子、嘴巴、脖子，身體全部都要醒過來，然後起床，穿拖鞋，走出來這裡，把鬧鐘按掉，知不知道？」

十二月十五日　星期六　天氣陰

　　結果一大早鬧鐘一直響，我和妹妹在床上翻來覆去。

　　「討厭，好吵。」鬧鐘的聲音一次比一次還要大，妹妹用棉被蒙上了頭，過了一會迷迷糊糊地問，「它到底會叫到什麼時候？」

　　可是過了不久，電話鈴響起來。再一會兒，大門也噹噹地響著，等我睡眼惺忪跑出去打開大門，門外擠滿了王媽媽和其他的鄰居，王媽媽看到我立刻大叫：

　　「拜託，我們全部都被鬧鐘吵醒了，你還能睡……」

　　如同往常，今天又遲到了。我趕到學校時，正舉行升旗典禮。我偷偷摸摸溜進隊伍裡面去，被老師逮個正著。

　　「二年乙班。」臺上導護老師念到我們班。

　　「就你代表去領獎吧。」老師告訴我。

　　我跑到臺上去，才知道因為我遲到次數太多了，害得班上秩序比賽成績被扣分，領到一面黑旗子。我把黑旗子領回來，看見老師

一臉鱷魚相，不高興地說：

「回去叫媽媽打電話和我聯絡。要不然，老師主動去找你媽媽，你就慘了。」

現在我真的開始有些擔心了，你想，媽媽回來一定先發現洗衣機壞掉，然後是一堆碗盤、衣服、亂七八糟的客廳，王媽媽一定會告訴她一些壞事，輪到我報告這件事時，我懷疑她還腦筋清醒……

我回到家裡看見姊姊的男朋友正在修理洗衣機，我想或許事情並不像我想像的那麼嚴重，一切都還有轉機……

姊姊的男朋友一邊敲敲打打，一邊吹牛：

「洗衣機對我們這些學機械

的男生而言，只能算是玩具，它的構造實在很簡單，說穿了沒什麼……」

他一邊說一邊把電線接到插頭，說時遲那時快，只聽到碰的一聲，一陣火花，冒起黑煙，把姊姊的男朋友燻得臉黑黑的，我發現電視沒有電，此外，所有的電燈也都不亮了。

十二月十六日　星期日　天氣晴 ☀

　　今天天還沒亮，我就把妹妹拉起床了。幫她洗臉，整理書包，還規規矩矩地喝完自己的牛奶，我一看手錶，才六點半，真好。

　　背著書包坐在公車上，我覺得無比舒暢。總算今天不會再遲到了。也許是心情的緣故，路上慢跑的人，喝豆漿的老先生，看起來都格外順眼，整個城市也顯得特別空曠。

　　我和妹妹到了學校，還沒有別人先到。我們就個別進入自己的教室，打開窗戶，讓空氣流通。還坐在自己的座位上，拿出國語課本來預習。我還聽見了窗外鳥叫的聲音，這一切都很美好，直到工友走過來，一臉莫名其妙地問：「今天是星期天，你在這裡做什麼？」

　　所謂福無雙至，禍不單行，我們一回到家裡，立刻有人在門外敲門，我從門縫裡看一看，哎呀，不得了，老師來了，旁邊還跟著另一個人，看一看，是妹妹的老師。

然後門一直敲，妹妹和我一直團團轉。

「怎麼辦？」她一直眼巴巴地看我。

「有了，我們暫時停止呼吸，假裝沒有人在家……」

然後我們都屏息以待，門一下一下的敲，心臟碰碰的聲音，都聽得一清二楚。

「怎麼會這樣呢？一個人都沒有？」

我們聽到老師的聲音，然後又敲了幾下門，猶豫了一會，轉個身，皮鞋的聲音一步一步地遠了。

妹妹輕輕把門打開，探頭出去望，過一會兒回過來，詭異地點頭微笑，空襲警報解除了——

「UP——」我們兩個人又叫又跳，這是幾天唯一順利的一件事情，妹妹拿著沙發椅墊敲我的頭，我也興奮地拿起椅墊和她一陣亂敲……

「碰——」

我手上的沙發椅墊一下子不小心飛了出去，整個外皮劃破，裡

面的羽毛紛紛飄落下來。

　　等羽毛落定以後我仔細算

算燈上面的六個燈泡，一、

二、三、四，沒錯，現在只剩

下兩個是完整的了。

十二月十七日　星期一　天氣晴 ☀

親愛的媽媽，請妳們快些回來。今天廁所的抽水馬桶又開始不通了。我相信事情還會愈來愈壞。

我和妹妹在姊姊的淫威壓迫之下，飢寒交迫，貧病交加，已經三天沒洗澡了。除了電話所說的甜言蜜語之外，所有的事情都愈來愈不可收拾。

親愛的媽媽，請妳們快回來。因為我要開始喊叫了，救命——

我們的班會

現　在風紀股長、事務股長、康樂股長都報告完畢。輪到主席致詞。我正站在臺上，哇啦哇啦只好開始胡說。

「今天。很榮幸。擔任。本週班會。的主席。希望……」

我知道的主席、總統或是什麼長，都是這樣說話。事實上，我一點也不榮幸。因為上個禮拜班會我學電視新聞的議員一樣用力敲桌子，結果老師指派我擔任這個禮拜的主席。和罰莊聰明掃廁所的意思一樣的。你看，每週主席都是投票公認，只有我是被指派的，多丟臉。

主席還有一個任務，就是要維持會場秩序，還要鼓勵同學踴躍發言。如果沒有人發言，場面冷冷清清，那麼主席就得表演唱歌，或者一直不停地說笑話。

本來我還滿喜歡唱歌，或者說笑話。可是站在這裡，全班七、八十隻眼睛瞪著你看，好像才從水裡撈起來的小狗似的。這麼狼狽的小狗還要唱歌、搖

尾巴，那就很悲慘了。

「拜託大家有什麼意見提出來討論。」臺下有人在削鉛筆，玩橡皮擦，還有人托著腮，眼睛像死魚似地。沉默好像大海的水一樣，快要把我淹死了。

「好吧，如果大家都沒有什麼意見，我唱一首歌好了⋯⋯」我已經開始絕望了。

正當我準備唱蘇武牧羊時，臺下一片騷動。我看見丁心文舉起她細細的手，彷彿看到了汪洋中的一條船。

「我寧可提議，我們不要聽主席唱歌。」她吐舌頭做噁心的表情。這麼不好笑的話竟惹得全班哄堂大笑。「我提議買一個茶壺，夏天到了，這樣我們喝水就很方便。」

「關於買茶壺，有沒有人附議？」

我聽到疏疏落落的附議聲音。可是事務股長有意見。

「買茶壺簡單。可是誰去提水呢？是不是值日生每天要去提水？」

「值日生工作太繁重了，」我看到莊聰明露出邪惡又調皮的笑容。「請事務股長為我們服務好不好？國父說人生以服務為目的，對不對？」

「不行哪。我的工作也很繁重……」事務股長一臉驚慌，可是他的聲音被全班鼓譟的聲音淹沒了。

這是一個民主的時代。因此凡事我們都要訴諸民意。贊成請事務股長服務的舉手。哇，全班都舉手。簡直是十萬青年十萬軍。

「反對的人請舉手。」

雖然我看到兩隻手，可是只有一票，因為兩隻都是事務股長自己的手。

「不公平啦，我抗議——」事務股長氣得脫下皮鞋，用力在桌子上敲。

「請不要破壞會場秩序，要不然下個禮拜會被罰擔任主席。」我暗示他，也算是警告他。因為上個禮拜老師也這樣對我說。現在你總算知道我為什麼會變成主席了吧。

「我提議買一個茶几，免得把教室地面弄得溼溼的。」儘管事務股長仍敲著他的皮鞋，會場亂烘烘，可是我們仍處變不驚地繼續討論細節。

「我反對買茶几，我覺得太浪費了。我們只要把茶壺放到水溝旁邊去就可以了。」張美美表示。

「如果放到水溝旁邊，會不會有點那個。」我遲疑了一下，「這樣我們先表決一下好了。」

「等一下，主席，」又有人舉手了，「我覺得你應該先表決要

不要買茶壺才對。」

「不對，不對，應該是先提案後表決。」

莊聰明可高興了，一副唯恐天下不亂的表情跳起來說：「我提議我們先表決一下，到底要先表決買茶壺，或者先表決買茶几。等順序表決出來了，我們再分別表決要不要買。」

天哪，意見似乎是愈來愈多了。我被搞得丈二金剛，摸不著腦袋。莊聰明的提案乍聽之下似乎很有道理。於是我就依照他的方式來表決。荒謬的是，我們表決的結果竟是要買一個茶几，然後不買

茶壺。如果我們不買茶壺，那麼買一個茶几到底幹什麼呢？

於是我們表決的結果又導致更複雜的討論、更多的表決。等到差不多折騰掉了半條命，這件事總算有個眉目，似乎大家都很勉強同意，我們要買一個茶壺。然後把茶壺放在水溝旁

邊。

「我提議我們買幾個公用茶杯。我家賣一種漂亮的巧巧杯,有三種顏色。杯子還可以伸縮,很漂亮……」

「我覺得鋼杯比較實用,又耐摔,比較容易清洗……」

「我覺得公用茶杯太髒了。不如買隨手丟的塑膠杯。」

一波未平一波又起。我正打算鬆一口氣,可是問題立刻接踵而至。我還聽到了小瓷杯、紙杯、玻璃杯,還有人說要買茶葉來泡,一切都超出我的控制,我很想拍桌子大叫,通通不要吵!可是我又害怕一拍桌子,下週還要連任主席。

「我有一個意見,」這時候丁心文站起來說話,「公用的杯子實在太髒了。可是每個人都要買一個杯子,不但太貴,而且意見一定不一致。我們何不自己帶自己的杯子來?這樣不但省事、方便,並且還省錢。」

包括歇斯底里敲著桌子的事務股長,這時都沉默下來。騷動的聲音安靜了些。似乎這個提議深獲人心。身為主席,我立刻使出撒

手鐲——表決。在一片舉手的聲浪中，我看見事務股長埋著頭，不曉得在紙上嘩啦啦計算著什麼，果然表決通過後，他立刻舉手發言。眼中還閃爍著光芒。

「我想到一個方法可以使我不用每天提水，那就是我們不要買茶壺。」他無視於一片噓聲，手舞足蹈地繼續表示，「既然大家都帶茶杯，走到走廊盡頭就有飲水機，何必再買茶壺？何況買茶壺班費也不夠，我估計一下，每個人要再交三十元。」

噓聲在三十元這句話之後停了下來。然後下課鈴響了。沉默得可怕。我知道大家在想什麼。

幾乎是鈴停下來的同時，大家那股買茶壺的衝動都清醒過來，過去的五十分鐘像作了一場夢。我聽見不同的角落發出來相同的聲音。

「我們不要買茶壺。」

然後我們以最快的速度，理智地推翻了買茶壺的決定。操場早已經轟轟隆隆都

是歡樂的聲音。可是會還沒有開完。我們要選舉下週主席。然後是主席結論。

「主席不用選了，」這時老師說話了，「下週由事務股長擔任。以後開會，不准在會議上吵鬧，或者是拍桌子，敲打桌面……」

我在上課鈴聲中結束我的結論。

「今天。很高興，討論十分熱烈。我們做了許多表決。我們，總算決定。什麼東西都不買……」

不騙人，我真的很高興。一切都如同往常。雖然我開會的經驗不多，可是我學到的定律是，除了選出下次的主席外，通常開會不會達成任何結論⋯⋯

問題妹妹

我的妹妹小不點一個，可是她卻有全世界所有窮極無聊的問題。別看她乖乖地坐在那裡，眼睛骨碌骨碌地轉，一旦被她纏上，保證沒完沒了。

「你說我們吃飽為什麼要洗碗？」通常她的問題都不太像問題，可是千萬別上當，掉進陷阱裡去。

「當然要洗碗，這樣碗筷才會乾淨啊。」

「可是我們吃第一碗飯，再盛第二碗時並不需要洗碗。」

「那當然不用洗。」

「如果我們午餐只吃兩碗，那麼晚餐盛第三碗時，為什麼要洗呢？」

「這，這……是因為，嗯。」好了，現在問題愈來愈不可收拾，「嗯，因為第二碗和第三碗之間隔太久了，時間那麼久，就會長細菌出來，吃了細菌以後會肚子痛，這樣，哎喲，哎喲……」

一聽到細菌，她的眼睛立刻閃爍出一種捕獲獵物的光輝，「為什麼時間那麼久，就會長出細菌呢？」

「因為，細菌會繁……繁殖。」天哪，一不小心又說了一個專有名詞出來。

如果你的衣服被牛皮糖黏住了，了不起還可以丟掉。可是一旦被妹妹黏住，那你絕對灰頭土臉。她的問題包羅萬象，不但有益智常識、天文地理、人生哲理，更麻煩的是，她還會把家庭作業拿來與你一題一題討論。萬一你不能予取予求，保證她那高八度的哭聲與眼淚立刻尾隨而至……

「什麼叫繁殖呀？」果然沒錯，黏上來了。

「繁殖就是生孩子，像媽媽生妳，就是繁殖。」

「那我會不會繁殖？」媽呀，這是什麼問題。我猶豫了一下，事情絕不能這樣再進行下去……

「哥，你說我會不會繁殖？」

「會。」我悶一肚子氣，真想大罵一聲囉唆鬼——

「那我要怎麼繁殖？」

可是我一想起她的眼淚和哭聲，一股氣又吞下去，「等妳長大以後。」

「你是說我長大以後會自動繁殖，和細菌一樣？」

這時我再也忍耐不住，正要破口大罵，忽然心生一計，立刻摀住胸口，準備裝死。除了死掉，我別無選擇。

「哥，你怎麼了？」顯然我的妙計生效了。

「不要打擾我，我快要死掉了⋯⋯」

「哥，你先告訴我，我長大以後會不會自動繁殖。」

「啊──再見，」我裝出吊眼翻舌狀，趴倒在床上，「我死掉了。」

妹妹在我身上搖晃半天，有點楞住了。這邊摸摸，那邊弄弄，似乎很能體諒我的死掉。竟然沒有哭，也沒有吵鬧，很莊嚴地離開房間。這是我第一次體會到死掉是那麼美妙的事，正在慶幸的時候，她忽然又走回來了，開口就問：

「哥，你到底要死多久？」

天哪，我睜開一隻眼睛，調皮地看著她，「拜託，讓我死一個小時，可不可以？」

「可是我不會看時鐘。」

「沒關係，到時候我會告訴妳。」

「那我要不要哭？」

「不用，不用，妳只要安安靜靜就可以了。」說完我又自顧裝死，希望她趕快走開。

她似乎很尊重我的死掉，自顧離開房間到客廳去彈鋼琴，彈了一首悲傷的練習曲。

「哥，你還要死多久？」她又咚咚咚跑過來問。

「四十分鐘。」

彈了一首「天天天藍」以後又跑來問：「還要死多久？」

「三十分鐘。」

當她跑來問第五次時，不過過了十五分鐘，可是我已經受不

了，只好活過來。「拜託，我怕妳，好不好？隨便妳想做什麼都可以，只要妳不再問問題。」

「那我要吃冰淇淋。」她顯然對自己贏得的勝利十分驕傲。

「好，」我們打勾勾，「不能再問問題。」

我們坐公車到西門町去買冰淇淋，一路上妹妹都表現良好，不再發問任何問題。我感到非常得意，特別還買了一個特大號的巧克力加香草大甜筒送給她。

她一口一口舔著冰淇淋，露出滿足的神情。我敢打賭，除了看牙醫之外，我們家的小麻煩從來沒有這麼安靜的時刻。

我們搭上自強公車準備回家時，小麻煩的問題又來了：「為什麼自強公車比較貴呢？」

「因為自強公車是冷氣車啊。」

「可是現在並沒有開冷氣，為什麼叫冷氣車呢？」

「欸，欸，說好，不能再問問題。」

「喔。」她有點失望，低著頭一口一口舔她的冰淇淋。

等妹妹把冰淇淋吃光，她又開始興致勃勃地東張西望了。從她那骨碌骨碌的眼神，我知道她一定又有一肚子無聊問題要問了。看她一副巴答巴答的可憐模樣，我反倒有點同情她。

「好了這次是什麼問題？」其實問問題也不是什麼壞事，我告訴自己。

「我想去找祖母。」

「祖母？」我大吃一驚。

「她已經死了那麼久，我想我們應該去把她叫起來了。」妹妹一臉正經地問，「好不好？哥。」

天哪——我相信我又給自己找了一個超級大問題和超級大麻煩。

後記

侯文詠

實上我小時候並不喜歡兒童讀物。因為我始終是一個頑皮的小孩子，而我一直相信那些公主、王子的故事，要不是把小孩教乖，就把小孩變笨。我長大以後，被吳涵碧姊姊抓來寫兒童故事，最大的希望就是替不乖不笨的小朋友寫一些故事，或者替那些和我一樣變得愈來愈乖，愈來愈笨的大朋友找到一些新的樂趣。

我總覺得，再偉大的偉人，嚴肅的什麼長、什麼官、什麼師、什麼家，總有一個頑皮的孩子躲在他們的心裡，時不時要閃出來搗搗蛋或者無傷大雅地惡作劇一番。大部分的時候，生活很累或者對事情感到失望，那個孩子就不見了。紛紛攘攘的許多事，讓我

們也把他忘記了，懶得去找他。

這一系列故事在《中華兒童》刊載時，稿件一斷了，不管人在澎湖、

新營、羅東或者是臺北，吳姊姊總不遠千里打電話來「通緝」。我雖然眞的很忙，拗不過她的熱情，只得拾起稿紙，硬著頭皮寫。一格一格寫著，我像在心中掀開一扇一扇的門，和那個走丟的小孩玩著捉迷藏的遊戲。有時寫著，竟覺得味道對了，我彷彿可以聽見那個孩子遙遠的笑聲，愈寫愈有勁，然後是那個孩子的影子，漸漸是清晰的那個孩子……找到那個孩子的感覺眞好。

有讀者寫信來告訴我他們的笑聲和喜愛，讓我覺得感動。不瞞你說，許多故事是我邊笑邊寫完的。其中那些有趣、溫馨的情節和氣氛以及想望，都來自我的父母親以及千千萬萬在我周遭可愛的人。有時候難免覺得活得辛苦，甚至鑽牛角尖。可是想想，平白承受了這麼多美好，就覺得自己應當是幸福而快樂的。

這本書，還要感謝吳涵碧與棻涵姊姊。在我覺得稿子寫得很爛，實在啊呼不下去時，她們給我好多、好大的鼓勵。我敢說（不管是好是壞），沒有她們，就沒有這本書。

熱愛文學及故事的名家推薦

跳躍的頑皮細胞

吳涵碧

在臺南縣白河國中當老師的栞涵，作品散見各大報。她是中華日報中華兒童的作者兼忠實讀者，尤其鍾愛侯文詠《頑皮故事集》，每回刊出以後，栞涵自己不但邊看邊笑，甚且還一字不漏的背下來，到任課的班級逐一表演，也帶動了班上快樂的氣氛。另有在輔仁大學任教的讀者來信表示，凡有侯文詠的故事刊出，必在辦公室傳觀，相視而嘻，鬆解工作壓力。

若是遇到小讀者，做一個小小的民意調查，對侯文詠的頑皮搗蛋，都是「很好，我喜歡！」

身為編輯，面對熱烈的回響，十分開心，卻並不意外，因為每次發他的稿，總是忍俊不住，暗自偷笑。而美工小朱貼版時，假如笑得前仰後合，露出可愛的酒窩，最後把臉趴在桌上喘息，準是被

侯文詠逗得發噱。

　　第一次注意到侯文詠的作品，是刊登在華副的得獎小說〈考試，真好〉，描述一位在醫學院就讀的學生林格，除了會讀書，「看完一本就擱到旁邊去，旁邊的書再擠開更旁邊的書」，其他一切都不會。

　　臨畢業以前，林格的父親幫他找到「家裡有三家食品工廠」的胖妞等著他去相親，這下子林格慌了手腳，緊張地開始和曉梅約會，「他不停地看書，如何約會，吸引異性，並且畫滿重點。」

　　林格臨陣磨槍，鬧出了許多令人噴飯的笑話，他的室友們幫忙做軍師，提供曉梅口中名詞的解釋，「有次我們找了好久，都不知道段樹文到底是哪一朝的什麼家。後來才在公車上聽來是最近的槍擊要犯。」

　　林格努力了半天，全軍覆沒，最後他父親同意只要考上公費留學，就可以躲開相親，林格又快樂起來了，「又回到有考試的生活，覺得真充實。」

侯文詠信筆寫來，幽默詼諧，譏諷中不失同情，他藉曉梅的口形容醫學院的學生「很可怕，笨笨的，只會讀書。」想來就讀於臺北醫學院擅寫小說的侯文詠絕非如此。

後來，在侯文詠第一本小說《七年之愛》末尾，發現他老弟侯文琪形容老哥「大學時期參加山地服務團、心理輔導、編校刊、詩歌朗誦，當電影委員會主席，對事情有一種狂熱，很可怕。」

如眾所周知，醫學院課業繁重，侯文詠課業拔尖，猶有餘裕發展十八般武藝，必是聰明絕頂的妙人，若是能請他來中華兒童寫稿多好。

主意已定，我開始苦苦追尋，長途電話一通通追到澎湖，找到正在服預官役的侯醫官，他開朗地咯咯笑道，每天守候機場，等著飛機墜下，衝過去救人，這般驚險的機會不多，他慨

然答應寫稿，好戲於焉上場。

侯文詠《頑皮故事集》是以一個小男生為主角，描述他周遭的生活趣事，再配上絕妙插圖，相得益彰，妙不可言，其中有不少侯文詠的影子，也有他幸福安康「頑皮家族」的縮影。他促狹地眨眨眼：「一個一個被我出賣，誰也逃不掉的，哈……」

一般作者想到為兒童寫故事，總是道貌岸然，開始訓大道理。侯文詠不然，他豈只童心未泯，根本屬於小孩那一國的，積極為小朋友爭取小朋友人權，兼而教育成人，譬如別用拆爛汙的玩具贈獎愚弄兒童。

偶爾，侯文詠也「侯老師」一番，他的方式與眾不同，讓人深刻難忘。譬如〈塗牆記〉中的莊聰明，活力旺盛，古靈精怪，老師「罰他跑五圈操場，他高高興興一下就跑完了，還加跑兩圈表示免

費贈送」。他把「國語課本上面的偉人肖像什麼華盛頓、牛頓塗得黑黑的鬍鬚，和一圈一圈的貓熊眼眶」，惹得老師哭笑不得。

有一次，莊聰明想出一個惡作劇，在牆壁上寫字罵老師。老師火了，要核對班上同學的筆跡，莊聰明「很得意地對我擠眉弄眼，表示那幾個字是用左手寫的。」

結果，斜斜歪歪的字雖然與牆上筆跡不同。「『揚』老師『狠』壞」，五個字中錯了兩個，卻洩了底，可憐的「裝」聰明。

侯文詠巧妙地告訴大家，白字連篇，危險！

大多數的時候，侯文詠總是站在「國家未來的主人翁」立場發言。譬如目前流行才藝班，家長喜歡獻寶。他在〈最後一片西瓜〉中為小孩說出心聲：「我相信再頑皮的小孩，只要聽見到親戚家作

客這種壞差事，一定立刻安靜下來。」

「妹妹被綁上那朵據說很漂亮的髮結，翹出兩瓣高高的蝴蝶結在腦袋瓜上面，整個人看起來像隻笨兔子，又像背著天線的電視機。」

天才兒童「手拉裙子，向大家敬禮，走向鋼琴，屢屢回頭，望著西瓜，眼巴巴希望它不要受別人蹂躪。」說時遲，那時快，當最後一片西瓜淪陷時，努力「裝出很快樂、很乖巧」的妹妹，忍不住開始「哇哇大哭，哽咽地嚷著西瓜。」

接著，妹妹一連喝了三杯西瓜牛奶。嬸嬸慈祥地問：「還要再來一杯嗎？」

「不好意思。」妹妹低頭回答。

這篇故事的結尾是「媽媽生氣的臉，脹得比西瓜還要紅。」侯文詠其實是代表小朋友對媽媽高唱「其實，你不懂我的心。」

侯文詠筆下的每個人物都相當可愛，具有頑童心態，不論是

「穿著不太雅觀的內衣、睡褲，蹺著二郎腿看著報紙」的爸爸，出門在外打電話回家，「嘮叨這個，嘮叨那個，還要請隔壁王媽媽過來檢查大家有沒有洗澡」的媽媽；或是「從髒亂的房間走出來，竟然能穿著潔白美麗連身長裙，出淤泥而不染」的姊姊，還是「每次看牙醫，當護士叫到名字，她便開始尖叫，影響學校名譽」的妹妹，甚且那個最討厭的女生吳美麗「每次你考試不及格，她就會有意無意到家裡來，問爸爸媽媽有沒有收到成績單」，都相當生動，活靈活現，這些妙人妙事，其實都在你我周圍，經過侯文詠的生花妙筆，讓人開懷大笑。

侯文詠退役以後，我見到了他，與想像中一模一樣，一臉聰明相，尤其是那對大眼睛，閃著慧黠的光芒，依稀可見，小時候一定很皮。他面有得色介紹身旁

　　的俏佳人──他的新婚妻子雅麗，人如其名，文雅秀麗，無怪他要嘲笑只會念死書，不考試活不下去的同學。

　　雅麗開了間牙醫診所，〈看牙醫〉那篇精采故事，就是牙醫阿姨的親身經驗，她淺淺笑道「我還沒有遇到拔不下來的牙。」嚇得我趕緊閉嘴，深怕她像故事中一般熱心，對我的牙有興趣。

　　侯文詠曾說，因為生長在快樂幸福的家庭裡，讓他憑空擁有許多美好，相信有雅麗之後，更能創造許多家庭喜劇。

　　侯文詠說：「從小我計畫好我的醫師大夢，白天沒事，便提起釣竿去溪澗釣魚，聽松濤輕風，等到山谷傳來幽幽鐘聲，知道病患求診，回家從事活人濟世的大業。」

　　目前侯醫師在臺大醫院擔任麻醉科醫師，他是負責任的性情中人，目

168

睹生老病死的掙扎哀痛之餘，警悟到生命不過是瞬息間事，因此，儘管事業繁忙，他還是願意寫點溫馨快樂的故事，自娛娛人，博君一粲。侯醫師，依然跳躍著頑皮的細胞。

——寫於1993年5月

（本文作者吳涵碧，曾主編《中華兒童》週刊，著有《吳姊姊講歷史故事》全集50冊。《頑皮故事集》就是在她主編（主催）的《中華兒童》版陸續刊出。）

快樂的傳播者

楊小雲

很多人說中國人不懂幽默；多半時候，褐黃的臉龐上，總積著揮不去的沉鬱，眉宇間則凝聚著化不開的糾結，老像陰霾的天幕一般，沉重異常。

是的，中國人是比較不善於表達情感，尤其怯於將自己毫無保留地呈現出來；含蓄加上拘謹再加上傳統包袱，遂使中國人早早便將內心多扇情緒的窗戶關上，而以一副合世俗標準的模式，作為彼此溝通的面貌。

雖是如此，潛藏於每個人心底的某些調皮歡愉因子，並未完全死滅，

依舊不時地冒出，穿過層層束縛，透一口大氣，引起圈圈漣漪。在諸多潛在因子當中，童稚之心，頑皮細胞和輕鬆一下的渴望，最為強烈，只因為它們是人性中最真實的部分。

那麼，我們應該說，中國人絕不是不懂幽默，只是不善於，不知如何傳達它；只要有一個人，灑下一捧快樂酵素；只要有誰啟動了歡愉之輪，只要有一隻手輕輕推開你心底的那一扇窗，任誰都會立即溶入喜悅之中，而更多的笑道，更廣闊的樂趣，便也源源不斷地泉湧而出了。

「引子」，對了，中國人的幽默、歡笑、快樂，原來是需要引子，需要旁人的引導、啟迪，才得以激發顯現的。

「引子」的另一種解釋，應該是「快樂的傳播者」。一個快樂的傳播者，本身必須具有高於常

人的快樂細胞，開朗的個性，還得有聰明靈慧的頭腦，以及一顆未泯的童心。這樣他才有能力將輕鬆的因子，舒放出來，牽動旁人的心；更重要的是，他所使用的傳播方式和方法，一定要謔而不虐，雅而不俗，深淺輕重恰恰好；既不可過於生澀，又不能落於粗俗輕薄，也就是說，輕鬆、幽默是一種非常難掌握的境界。

在國內文壇，具有這方面才情的作家，一直不多，人們習慣將文學歸納為嚴肅的藝術，而忽略了文字所能彰顯的歡樂魔力，更未能將真正的幽默滲入傳播力最廣泛的文字之中。即使在創作兒童故事時，往往亦流於說教，別說小孩不愛看，就是大人都看不下去。

常覺得，一篇好的兒童作品，不僅兒童愛不釋手，更應能吸引大人，且能啓開成人的童心，這次健行出版社，將侯文詠的《頑皮故事集》重新排印，列為成年人及青少年讀物，立意便是由這樣一個基礎為出發點。

侯文詠的作品，文字像裝了彈簧的精靈，肆無忌憚地往你心底跳，輕快地敲打著人們心底的每一扇窗，大大方方地將快樂、輕鬆傳送給你，令你在不自覺中笑了起來，隨著他的牽引，那些潛在內心深處的頑皮細胞，便逐一地活了起來，像串串小紙人，一列列地走了出來，快快樂樂地在陽光下飛舞、飛舞。

看侯文詠的作品，對忙碌、生活壓力重的現代人，無異是一碇開心丸，吸一捧快樂酵粉，你會情不自禁地融入其中，進而流連忘返。

是了，侯文詠便是這樣一個以文字為工具的快樂傳播者，這本頑皮故事集，則是開啟你心靈另一扇窗的鑰匙，一下子釋放出能在每個人心靈角落的歡愉因子，自由自在地奔放嬉戲，然

後，你會體驗出一種既陌生又渴望的輕鬆、愉快，整個人不自覺地墜入遙遠的童年河流，就那麼舒服地飄呀蕩呀地流向另一個美妙的世界。感覺自己好年輕、好小、好好。

——寫於1993年5月

（本文作者楊小雲，是知名小說家，也寫散文及少兒文學。）

作弄別人，不忘幽默自己

—— 我讀侯文詠《頑皮故事集》的啓示

蔡澤玉

似乎我這「乖」小孩的幻想都在《頑皮故事集》中實現了！對於一個不夠大膽的小女生而言，我永遠只能在心中幻想——希望老師跌倒在眾人面前的糗相或是女老師的鞋跟突然斷了的尷尬場景出現……而侯文詠的〈拾鞋記〉，所描寫的師生之「戰」，好像正吐露著我的心聲。

侯文詠說：「每次考完試，老師發考卷，總從最高分發起……」

回憶當年坐在座位上的我，總是直瞪著那一疊厚厚的考卷，心中七上八下的，椅子上彷彿有千萬隻螞蟻在爬著，我恨不得站起來尖叫。老師一向如此殘酷，總是從最高分發起，我的心總因跳動得過於激烈而早已筋疲力盡。

「要是突然一陣狂風吹來，考卷全部飛走，那該多好玩！」我想，突然忍不住想狂笑起來。

「蔡澤玉，××分！」我嚇了一大跳，幾乎是跳著離開座位的，幻想也隨之消失得無影無蹤。

「妳的考卷這麼漂亮，妳有什麼感想？」老師問。

通常聽到這句話，我只是把頭低得更低，裝成一臉無辜的樣子，任憑老師在耳邊呼風喚雨，我仍不為所動。

「好，回去，下次考好一點。」

我答了聲「是」，便低著頭走回座位，這是最好的結局。再不然便是挨一頓「毒」打，然後乖乖的走回座位，和同學「分

享」紅紅的手掌。

「妳看，好痛唷！都紅紅的。」

「我也是……」

「嘻……」同學輕輕的用手指碰了一下我那紅紅的掌面。

「可惡！」我正欲有所行動，老師便會嚷著「安靜！現在翻開課本，我們來看……」所以，我永遠沒法子寫出那〈拾鞋記〉，最多只能寫寫〈發考卷時〉（這是《小女生世界》中的一篇）。然而侯文詠筆下的小男孩竟然出人意料的回答：

「下次老師只要把寫對的答案打勾就好，這樣考卷會比較乾淨。」

接下來更是令人捧腹大

笑的對話，通常老師老早就沒耐心的大叫：「把手伸出來……」

然而，他的老師直到最後才表演：

　　「轉身脫下皮鞋，準備朝我衝過來……」

　　更妙的是小男孩：

　　「見苗頭不對，拔腿就跑，穿過走廊，越過操場……」

　　師生之間似乎展開了長期拉鋸戰。

　　侯文詠又寫道：「只見老師穿著『一隻』皮鞋，手抓著另一隻，一拐一拐追打過來。」

往後的情節早已超乎想像之外，只有抓著書，不顧一切的邊看邊狂笑，不可抑止的。

　　「沒想到老師也有這樣的一天。」

哈哈！我想這可能是每個小孩的心聲吧？最後當他

　　「走過走廊，同學們大呼小叫為我叫好……」

　　他卻認為自己是做了一件窩囊十足的事。這件大糗事，可非得由這頑皮的孩子來做不可呢！

事實上，在《頑皮故事集》中的人物都是可愛的，隨著書中的每個故事，兒時記憶也一幕一幕的湧現。我就是那個撒嬌愛哭的小麻煩，就像那個繞著哥哥發問的小妹。雖然我沒有如此聰明又調皮搗蛋的哥哥，卻有個和我闖盡禍事的二姊。只是故事的情況卻不太相同，我們總是被媽媽追著圓飯桌跑，邊跑邊哭邊求饒。

《頑皮故事集》中的主角是小孩，所以得勝的好像也是小孩。在小孩子的眼裡，大人們的虛偽是一件最有趣的笑話；不可否認的，故事中的大人們也是頑皮

的，他們的「蠢舉」總是製造了更多的笑料。

　　像「小氣」的爸爸會孩子氣似地堅持要跟姊姊的男朋友下第七盤棋。書中的老師最喜歡說的故事，是<華盛頓砍倒櫻桃樹>，媽媽永遠「不明白超人對人類偉大的貢獻。」所以，大人看這本書好像看到鏡中的自己，同樣感到趣味無窮。

　　《頑皮故事集》永遠有使人料想不到的糗事發展，就如同小孩子的想像力永遠是無邊無際，他們的搗蛋絕對是花樣百出，防不勝防的。〈媽媽不在的時候〉便是天下大亂之時。剛開始「小鬼當家」是樂趣無窮的，後來便發生一個接一個的慘劇。最後小男孩和妹妹

　　「在姊姊的淫威壓迫之下，飢寒交迫，貧病交加，已經三天沒洗澡了。」

　　〈媽媽不在的時候〉，小孩的把戲令人眼花撩亂，精采

無比，只有喘不過氣，沒命的看著接下來情節的分。除了看，便
是拚命的笑了。這大概是看《頑皮故事集》的讀者們最好的寫照
了吧！？

　　我很喜歡〈我們的班會〉這一篇，為
什麼呢？因為小時候的班會總是很無聊，
全班寂靜得似乎可以聽見每個人的呼吸
聲。主席永遠都很困擾地站在臺上重複說
那句話：

　　「拜託大家有什麼意見提出來討論。」

　　好像班會永遠不曾討論什
麼，就如同侯文詠筆下的世
界，也永遠是充滿驚奇與笑料
的。莊聰明一定會說出「聰
明」的話：

　　「我提議我們先表決一下，

到底要先表決買茶壺，或是先表決買茶几。」

　　最後，經過一場混戰：

　　「我們表決的結果是要買一個茶几，然後不買茶壺。」

之後，在更激烈的爭執下，下課鈴響了，

　　「過去的五十分鐘像作了一場夢。」

而最後的結論是：

　　「我們做了許多表決。總算決定，什麼東西都不買……」

　　是吧！這就是侯文詠筆下的班會。是大人們要的那一種形

式，是小孩們心中最討厭的
一堂課。甚至我們都抽籤決
定由誰發表意見——就算到
了高中，也是如此。當然，
看看電視機中的各級議會、
立法院、國民大會開會，還
不是和「我們的班會」一
樣，大人們不也仍是同樣的
「頑皮」。

　　你心情不好嗎？會不會長期在大人的世界中，承受了許多壓
力？翻開《頑皮故事集》，你會發現「頑皮」的細胞開始活躍起
來，好像回到了過去童年的時光。現在，你是否想開懷大笑或是
捉弄一下別人呢？不管你怎麼想，總之，我現在可要去惡作劇一
番了。

　　如何？頑皮的孩子們？

被惡作劇作弄的大人們，也許會幽自己一默吧！

（本文作者蔡澤玉，是九歌兒童書房第六集中《小女生世界》的執筆人，當時她是敦化國小六年級的學生。一集一集的九歌兒童書房伴著她成長，接著又寫了《進階作文範例──怎樣寫好作文》一書。淡江大學英文系畢業後，現從事文化工作。）

中了侯文詠的圈套

楊瑛瑛

看完《頑皮故事集》直翻到作者的〈後記〉時，頓時大吃一驚，我中了侯文詠的「圈套」了。侯文詠寫童話故事，最大的希望是替不乖不笨的小朋友寫一些故事，或是替愈來愈乖、愈來愈笨的大朋友找到新的樂趣。前者，顯然我已來不及參與，而後者，形容的不正是我嗎？嗯……我有點兒不高興了。但是，誰叫「它」那麼吸引人，我還看得津津有味呢，上當了！上當了！

看著、看著書中的情節，腦海中卻浮現小學同班同學的臉孔，其實，每個人的班上都好像有個調皮搗蛋的「莊聰明」，有個品學兼優的「丁心文」，而

書中的第一人稱——主角，像極了我那青梅竹馬的翻版，表揚的時候他連邊都摸不著，唯有一撮人調皮犯錯須處罰時，他必名列其中。

而「青梅竹馬」在兒時的定義，是住隔壁、年紀相仿，而恰好又同一班，很容易被玩伴、同學說你跟他好、他跟你好之類的送作堆。

記得小時候，到親友家作客總是很覥腆的，正如〈最後一片西瓜〉形容的一般，要裝出十分乖巧的樣子，後來我覺得如此裝模作樣，也只不過方便主人裝模作樣的稱讚罷了，真是「在家一條龍，出外一條蟲。」是不是每個小朋友作客時，都有類似背課文、或背像「床前明月光，疑是地上霜」的這種樣板經驗呢？

看《頑皮故事集》，總像開啓兒時記憶的百寶箱，一件件拾起把玩，有時忍不住輕輕笑——當時怎會那麼蠢？有時想起手帕交——聽說，她結婚了；有時……突然，我有個衝動，何不辦個同學會呢？

——寫於1993年5月

（本文作者楊瑛瑛，曾經營專業書店，現從事編輯工作。）

生　活　叢　書　　　　2　　6　　6

頑皮故事集

國家圖書館出版品預行編目 (CIP) 資料

頑皮故事集 / 侯文詠著 . -- 增訂新版 . --

臺北市：健行文化出版事業有限公司出版：九歌出版社有限公
司發行 , 2021.11
面； 公分 . -- (生活叢書；266)
ISBN 978-626-95026-2-2(平裝)

863.596　　　　　　　　　　　　　110014253

著　　　者──侯文詠
繪 圖 者──蕭言中
責任編輯──黃麗玟
發 行 人──蔡澤蘋
出　　　版──健行文化出版事業有限公司
　　　　　　　臺北市八德路 3 段 12 巷 57 弄 40 號
　　　　　　　電話／ 25776564 傳真／ 25789205
　　　　　　　郵政劃撥／ 0112263-4

九歌文學網　www.chiuko.com.tw

印　　　刷──晨捷印製股份有限公司
法律顧問──龍躍天律師 · 蕭雄淋律師 · 董安丹律師
發　　　行──九歌出版社有限公司
　　　　　　　臺北市八德路 3 段 12 巷 57 弄 40 號
　　　　　　　電話／ 25776564 傳真／ 25789205
初　　　版──1990 年 10 日（共 138 印）
增訂新版──2021 年 11 月
定　　　價──300 元
書　　　號──0203266
Ｉ Ｓ Ｂ Ｎ──978-626-95026-2-2